Der schwangere
Kupferkessel

Tunesische Märchen
und Geschichten

Zu diesem Buch

Märchen, Schwänke und Geschichten, die Scheherazade selbst gern gehört hätte: Dieser Band versammelt die schönsten nach mündlicher Überlieferung in Tunesien aufgezeichneten Erzählungen. Phantasiereich und witzig wird erzählt von Pilgern und Prinzen, Wesiren und Bettlern, von schönen Frauen und Schelmen, Zauberern und Geistern – und von einem Kupferkessel, der angeblich schwanger geworden ist.

Der Herausgeber

Wilfried M. Bonsack, geboren 1951 in Berlin, studierte Philosophie, Theologie und Literaturwissenschaft. Er lebt als freier Schriftsteller, Übersetzer und Verleger in Berlin.

Der schwangere Kupferkessel

Tunesische Märchen und Geschichten

Nach der Sammlung von
Hans Stumme
Ausgewählt und übertragen von
Wilfried M. Bonsack

Unionsverlag
Zürich

Die Erstausgabe erschien 1979
unter dem Titel *Dschuhas Abenteuer*
im Gustav Kiepenheuer Verlag, Leipzig.

Unionsverlag Taschenbuch 69
Diese Ausgabe erscheint mit freundlicher Genehmigung
des Gustav Kiepenheuer Verlags, Leipzig.
© by Unionsverlag 1996
Rieterstrasse 18, CH-8059 Zürich, Telefon 01-281 14 00
Alle Rechte vorbehalten
Umschlaggestaltung: Heinz Unternährer, Zürich
Druck und Bindung: Clausen und Bosse, Leck
ISBN 3-293-20069-9

Die äußersten Zahlen geben die aktuelle Auflage
und deren Erscheinungsjahr an:

1 2 3 4 5 - 99 98 97 96

Inhalt

Muhammed, der Sohn der Witwe

Es war einmal ein König, der glücklich und zufrieden in seinem Reich lebte. Doch als er starb, war seine Gemahlin guter Hoffnung. Sie bat Allah, daß er ihr zum Trost einen Sohn schenke, der so stark sei, daß er den gesamten Besitz seines Vaters in einem Jahre aufzehren könne. Und so geschah es. Sie gebar einen Sohn, und man nannte ihn Muhammed, den Sohn der Witwe. Er verzehrte das gesamte Besitztum seines Vaters innerhalb eines Jahres, wuchs sehr schnell und wurde sehr kräftig. Doch nun hatte er, der immer hungrig war, nichts mehr zu essen. Da verließ er seine Mutter, ging selbst hinaus auf die Straßen und in die Basare. Er traf einen Bäcker und sagte zu ihm: »Gib mir dein Brot zu essen!« Und der Bäcker gab ihm sein ganzes Brot.

Als Muhammed, der Sohn der Witwe, das Brot aufgegessen hatte, sagte der Bäcker: »Und nun bezahle, was du verzehrt hast!« Muhammed entgegnete: »Ich habe kein Geld.« Da schimpfte und drohte der Bäcker, Muhammed aber verprügelte ihn so sehr, daß er starb. Die Leute hörten davon, bekamen Angst, und bald schon erhielt der Sultan der Stadt davon Kenntnis. Dieser sandte nun Leute aus, die Muhammed vor ihn bringen sollten. Doch Muhammed schlug so gewaltig auf die Diener des Sultans ein, daß er drei tötete und nur einer entkam. Als dies im Palast bekannt wurde, sagte der Sultan: »Habe ich denn niemand, der meine Rechte durchsetzen kann?« Voll Zorn sandte man eine Abteilung Soldaten gegen Muhammed, die ihn gefangennehmen sollten. Die Soldaten kamen zu Muhammed und forderten ihn auf, mit zu ihrem Herrn zu kommen, da er sich für den Tod der Menschen verantworten müsse. Muhammed aber entgegnete: »Ich kenne keinen Herrn, wer ist das überhaupt?« Da wurden die Soldaten zornig: »Wie kannst du es wagen, zu sagen, du kennst unsern Herrn nicht?« Muhammed aber beachtete sie nicht weiter. Da befahl der Hauptmann, Muhammed mit Gewalt festzunehmen. Als die Soldaten ihn nun festnehmen wollten, schlug er so gewaltig auf sie ein, daß er die Hälfte von ihnen tötete, die andere Hälfte sich nur durch eine schnelle Flucht retten konnte und dem Sultan Bericht erstattete. Der hörte sie schweigend und nachdenklich an, auch ein wenig angstvoll, und blickte auf seinen Wesir. Der Wesir faßte sich ein Herz, bat um die Erlaubnis, Muhammed zu beobachten und dann erst Bericht und Rat zu geben. Nachdem dies geschehen war, kam er zu seinem Herrn zurück und sprach: »Mein Herr, wir alle, ich und du und unsere ganze Streitmacht, müssen sofort zu Pferd gegen ihn ziehen. Nur durch eine große Übermacht oder durch eine List können wir ihn in unsere Gewalt bekommen, sonst vernichtet er alle unsere Untertanen wie ein Menschenfresser.«

Der Herrscher hörte auf den Rat, war aber zu klug, um nicht zu erkennen, daß Muhammed nur mit List beizukommen sei. Er zog also mit all seinem Gefolge hoch zu Roß zu Muhammed. Dann stieg er selbst von seinem Pferd und sprach zu ihm: »Höre, du bist ganz sicher mein Sohn, und dies alles, was du hier siehst, ist das Besitztum deines Vaters. Komm also ruhig mit mir in meinen Palast und zehre von meinem Besitz! Und ihr, ihr Leute, die ihr mit mir gekommen seid und mich gehört habt, seid meine Zeugen: Er, Muhammed, ist mein Sohn von jetzt an!«

Als Muhammed dies hörte, war er ganz beruhigt und ging friedlich mit in den Palast. Dort rief der Sultan den

Koch und sagte zu ihm: »Was immer jener zu essen verlangt, das bringe ihm!« Kurz darauf rief Muhammed dem Koch zu: »Bring mir eine reichliche Mahlzeit!« Und der Koch brachte ihm eine große Portion. Doch Muhammed wurde davon nicht satt, und er rief: »Koch, bring mir mehr zu essen!« Und der Koch brachte ihm noch mehr, sogar jenes Essen, das für den Sultan bestimmt war. Auch das aß Muhammed ohne Schwierigkeiten auf und war immer noch nicht satt. Als der Sultan von dem aufgeregten Koch hörte, daß dieser Muhammed alle Speisen, die im Palast waren, aufgegessen habe, gab er Anweisung, noch mehr Speisen heranzuschaffen. Er sagte: »Gebt ihm so lange zu essen, wie er Hunger hat. Habt ihr heute vier Zentner Fleisch gekauft, so müßt ihr morgen eben acht kaufen!« Und so geschah es. Doch als ein Jahr zu Ende ging, hatte Muhammed mit seinem unergründlichen Hunger den Besitz des Sultans aufgegessen. Müde rief dieser seinen Wesir und sprach: »Höre mir zu, Wesir, und gib mir einen Rat. Was soll ich tun? Dieser Mensch hat uns binnen eines Jahres arm gemacht, hat unser gesamtes Vermögen aufgefressen. Jetzt ist er noch jung, was aber soll werden, wenn er älter wird?« Der Wesir blickte erst zu Boden, dann sagte er: »Herr, es gibt keinen anderen Rat mehr. Laßt uns zusammen mit Muhammed auf die Jagd vor den Toren der Stadt gehen – dies ist unsere List, denn sonst tötet er uns – und während der Jagd laßt in der Stadt ausrufen: ›Wer Muhammed, den Sohn der Witwe, tötet, bekommt die Tochter des Sultans und das halbe Reich dazu!‹« Da niemand einen besseren oder anderen Rat wußte, bekam der Wesir die Erlaubnis, zu handeln, wie er es für richtig hielt. Also ging er zu Muhammed und bat ihn, mit auf eine Jagd vor den Toren der Stadt zu kommen. Diener brachten für Muhammed ein feuriges Roß, und man zog hinaus.

Währenddessen gingen die Ausrufer durch die Stadt und

riefen: »Wer Muhammed, den Sohn der Witwe, tötet, dem gibt der Sultan seine Tochter zur Frau und die Hälfte seines Reiches!« Die Leute hörten dies zwar, hatten aber zu große Angst vor Muhammed, um ein solches Wagnis zu unternehmen. Da kam ein armer Schlucker daher, der bei sich dachte: ›Wenn ich diesen Muhammed töte, bin ich reich und habe es gut, wenn ich statt dessen getötet werde, soll's auch recht sein, denn mein jetziges Leben ist sowieso nicht viel wert!‹ Also erklärte er öffentlich, daß er Muhammed töten oder selbst sterben wolle.

Als man nun von der Jagd zurückkehrte, trat der arme Schlucker mit einem scharfen Schwert in der Hand Muhammed entgegen. Der aber brüllte ihn an: »Nur gemach, du großer Menschenangreifer! Wo steht dir denn der Kopf? Es wäre besser, du hättest weder Vater noch Mutter!« Da rutschte dem armen Schlucker jeder Mut aus dem Herzen, und ängstlich lief er davon. Muhammed aber begab sich ärgerlich zum Essen in den Palast. Er war so ärgerlich, daß er nichts essen konnte und wütend befahl, den Sultan rufen zu lassen. Als dieser kam, sprach Muhammed zu ihm: »Bist du nun mein Vater oder nicht?« Der antwortete: »Nein, ich bin nicht dein Vater. Als ich dich in der Stadt aufsuchte, kam ich, weil ich wußte, was für ein Unheil du anrichtetest, daß du Menschen getötet hast, und ich wollte die Menschen vor weiterem Unglück bewahren. Deshalb habe ich dich als meinen Sohn zu mir genommen!« Als Muhammed dies hörte, überlegte er nicht lange und sprach: »Wenn du nicht mein Vater bist, dann bleibe ich auch nicht länger in diesem Land, sondern wandere aus!« Alle waren froh, als er das Roß bestieg, das man ihm gebracht hatte, und die Stadt verließ.

So begann Muhammed umherzuziehen. Vierzehn Tage lang zog er durch die Wüste, ohne irgend jemandem zu begegnen. Dann sah er in der Ferne einen Reiter herankommen. Als sich die beiden begegneten, fragte Muhammed: »Wohin willst du, was bist du für ein Mensch?« Der Fremde entgegnete: »Seit vierzehn Tagen reite ich durch diese Wüste, ohne einen Reiter zu treffen, ohne einen Vogel zu sehen! Und wer bist du? Wie heißt du?« Muhammed blickte ihn fest an, nannte seinen Namen und fragte nach dem seinen. Der Fremde antwortete: »Mein Name ist Gergäb Eldschebäl, der Bergroller. Du scheinst mir ein guter Bursche zu sein. Wenn du willst, können wir Brüderschaft schließen und zusammen essen, dann können wir zu jener Stadt aufbrechen, aus der du kommst.« Und während sie so sprachen, kam noch ein Reiter daher. Er fragte die beiden: »Nun, wohin des Wegs?« Und sie fragten zurück: »Wohin willst du, unbekannter Reiter?« Er erwiderte: »Ich habe meine Heimat satt und will bis ans Ende der Welt ziehen. Doch ich habe da in einer Einöde ein Schloß gesehen und kam nicht hinein. Zwanzig Tage habe ich vor seinen Toren gesessen, aber weder einen Menschen noch einen Geist erblickt. Und mein Name ist Fettäl Elhebäl.« Nun nannten die beiden auch ihre Namen, und sie beschlossen, zu dritt zu diesem seltsamen Schloß zu reiten.

Nach nicht allzulanger Zeit kamen sie zu dem Schloß, das Fettäl Elhebäl beschrieben hatte. Erst ritten sie einmal um das Schloß herum, dann lagerten sie drei Tage lang vor dem Tor des Schlosses, ohne irgend jemand zu Gesicht zu bekommen. Muhammed, der Sohn der Witwe, wurde ungeduldig und sprach: »Was wollen wir noch länger warten. Hier ist niemand, und das Schloß ist leer. Wir sollten also über die Mauern steigen und nachsehen, was in dem Schloß ist!« Die beiden anderen aber hatten Furcht und sprachen: »Wir kommen nicht mit ins Schloß.« Muhammed, der mutiger war, entgegnete: »Hört zu, sollten wir Menschenfresser darin finden, nun, so schadet es nichts, denn wir sind ja selbst so etwas wie wahre Menschenfresser; sollten wir Löwen finden, nun, wir sind doch selbst so etwas wie wahre Löwen!« Fettäl Elhebäl und Gergäb Eldschebäl jedoch waren nicht zu bewegen, mit ihm zu gehen. So zog Muhammed sein Schwert und ging allein ins Schloß. Dort aber fand er alle guten Gaben Gottes, Edelsteine, Gold und Speisen in Menge. Nach einer Weile kam er wieder zu seinen beiden Gefährten und sprach zu ihnen: »Kommt, ihr seht, ich bin heil zurückgekehrt. Laßt uns jetzt zusammen gehen, denn alles, was wir brauchen, finden wir dort in Hülle und Fülle. Laßt uns also hineingehen und essen und trinken und es uns gut gehen lassen, bis wir sterben müssen!« Nun kamen auch die beiden anderen mit, staunten und kochten und aßen, bis sie satt waren. Dann sahen sich alle drei an und sprachen: »Wir haben nichts zu tun. Um die Langeweile zu vertreiben, wollen wir es folgendermaßen halten: Jeden Tag soll einer kochen, und zwei sollen auf die Jagd gehen!« Muhammed machte den Vorschlag zu losen, wer als erster allein im Schloß bleiben solle. Fettäl Elhebäl und Gergäb Eldschebäl waren einverstanden, sie losten, und das Los fiel auf Gergäb Eldschebäl. Die beiden anderen zogen auf die Jagd, während Gergäb Eldschebäl sich ein Tuch umband und mit dem Kochen begann. Doch plötzlich stand ein altes Weib vor ihm und keifte: »Was hat dich hierhergeführt, Gergäb Eldschebäl, was machst du in diesem Schloß? Dies ist mein Eigentum!« Doch Gergäb Eldschebäl entgegnete: »Dein Eigentum?« und wollte sein Schwert ziehen, um sie zu töten. Da sprang die Alte auf ihn los, warf ihn zu Boden, fesselte und prügelte ihn durch und ließ ihn dann schwach und matt liegen, voller blauer Flecke am ganzen Körper. Es dauerte nicht lange, und die beiden anderen kehrten zurück. Da dachte er bei sich: ›Wenn ich ihnen sage, daß ich Prügel wie noch nie in meinem Leben von einem Weib bezogen habe, so werden sie mich, den Bergroller, auslachen. Ich will auch sie kosten lassen, was ich gekostet habe. Ja, sie sollen ebenfalls Prügel von der Alten beziehen, wie ich sie bezogen habe.‹ Und schnell überlegte er sich, was er ihnen sagen könne, warum er nicht das Mittagessen gekocht habe. Er erzählte den beiden, als sie ihn fragten: »Ich bin auf das Dach gestiegen und dabei heruntergestürzt, danach tat mir mein ganzer Körper so weh, daß ich nicht kochen konnte.« Die beiden sagten: »Es ist nicht weiter schlimm, wenn du nichts gekocht hast, wir können uns auch allein etwas braten.« Und so machten schließlich die beiden Jäger Essen, und man aß zu Abend und legte sich schlafen. Am nächsten Morgen war die Reihe an Fettäl Elhebäl, als Koch zurückzubleiben, und ihm erging es nicht anders als Gergäb Eldschebäl.

Als nun auch er völlig durchgeprügelt am Boden lag, dachte er: ›Diese Alte hat also auch Gergäb Eldschebäl verprügelt, er aber hat sich geschämt und will es nicht gestehen. Es wird auch für mich besser sein, wenn ich es wie er halte und sage, daß ich vom Dach gefallen sei.‹

Die beiden anderen kamen von der Jagd heim und fragten ihn: »Warum hast du kein Mittagessen zubereitet?« Da erwiderte er: »Ach, an derselben Stelle, wo du, Gergäb Eldschebäl, herunterstürztest, bin auch ich heute abgestürzt.« Und Muhammed glaubte ihm, Gergäb Eldschebäl jedoch wußte besser, was in Wirklichkeit geschehen war.

Am folgenden Morgen war nun die Reihe an Muhammed, den Sohn der Witwe, gekommen, das Amt des Kochs zu übernehmen. Als die beiden, die ihre Prügel bereits bekommen hatten, außerhalb des Schlosses waren, fragten sie sich gegenseitig aus: »Was ist dir geschehen?« Und die Antwort war beim einen wie beim andern: »Was mir geschah, das ist auch dir geschehen!« Muhammed, der Sohn der Witwe, aber begann, kaum daß er allein war, angestrengt nachzudenken: ›Meine Gefährten sind sicher nicht vom Dach gestürzt, was hätten sie auch dort zu suchen gehabt.‹ Und während er noch weiter überlegte, stand mit einem Mal die Alte vor ihm und keifte: »Muhammed, was hat dich hierhergeführt?« Er entgegnete ruhig: »Du hast also meine Freunde und Gefährten verprügelt!« Schon wollte das Weib auf ihn losspringen, um ihn festzunehmen, doch da er klug überlegt hatte und vorgewarnt war, war er schneller, und blitzschnell hieb er mit seinem Schwert, das er schon in der Hand hielt, den Kopf der Alten ab. Er fiel auf die Stufen und rollte fort. Muhammed aber eilte ihm hinterher und sah, wie er in den Brunnen hineinfiel. Dort, am Rand des Brunnens, blieb Muhammed stehen, bis seine Gefährten nach Hause kamen. Diese erwarteten, ihn ebenso zugerichtet anzutreffen, wie sie es selbst gewesen waren, konnten ihn jedoch nicht entdecken, bemerkten aber auf dem Boden Blutflecken. Deshalb sprachen sie zueinander: »Die Alte muß ihm übel mitgespielt haben, vielleicht hat sie ihn sogar getötet.« Neugierig folgten beide der Blutspur über die Gänge und Treppen, bis sie zu dem Brunnen kamen und voll Verwunderung dort heil und unversehrt Muhammed erblickten. Dieser sprach zu ihnen: »Ach, ihr Esel, eine keifende Alte triumphiert über euch, verprügelt euch, und ihr seid zu feige, darüber zu sprechen! Ich habe ihr kurzerhand den Kopf abgeschlagen! Nun, Fettäl Elhebäl, du Seildreher (denn dies bedeutet sein Name), zeige, was du kannst, und drehe mir ein Seil, stark und sicher, denn der Kopf der Alten ist in diesen Brunnen gerollt, und ich muß nach ihm sehen!« Und Fettäl Elhebäl drehte ihm ein festes Seil, und gemeinsam mit Gergäb Eldschebäl ließ er Muhammed, den Sohn der Witwe, in den Brunnen hinab. Muhammed, kaum daß er auf dem trockenen Brunnenboden angekommen war, blickte aufmerksam umher und entdeckte endlich einen Lichtschein, dem er folgte. Bald befand er sich in einem Garten, und hier sah er drei

Häuser. Mutig betrat er das erste Haus und fand darin ein Mädchen sitzen. Kaum erblickte das Mädchen ihn, Muhammed, den Sohn der Witwe, rief es: »Muhammed, was hat dich hierhergeführt? Wir sind drei Mädchen, und ein Teufel bewacht uns, gegen den kannst du mit all deiner Kraft nichts ausrichten! Fliehe, denn wenn er dich findet, wird er dich töten!« Muhammed aber sprach: »Zeig mir nur den Teufel, schönes Mädchen, wir werden schon sehen, was passiert.« Da kamen auch die beiden anderen Mädchen hinzu und warnten Muhammed nochmals. Sie sagten: »Sei vorsichtig, dort in jenem Zimmer schläft er!« Muhammed ging furchtlos auf das Zimmer zu, und als er die Tür öffnete, blies ihn jener Teufel an und wirbelte ihn hoch in die Luft. Doch so leicht gab Muhammed nicht auf, erneut griff er den Teufel an, schlug wütend und mächtig auf ihn ein und tötete ihn mit seinen Fäusten. Nachdem er dies vollbracht und so die schönen Mädchen aus der Gewalt des Teufels befreit hatte, sprach er zu ihnen: »Ich werde euch nun aus dem Brunnen führen, zurück zu den Menschen.« Damit waren die Mädchen einverstanden, sie freuten sich und sagten: »Steig du zuerst an dem Seil hinauf!« Muhammed erwiderte: »Warum soll ich zuerst hinaufsteigen? Es ist besser, wenn ich euch behilflich bin und als letzter dieses Brunnenreich verlasse.« Die Mädchen gaben ihm zu bedenken, daß seine zwei Gefährten treulos an ihm handeln könnten. Doch Muhammed wollte davon nichts wissen, und so gaben die Mädchen nach. Bevor sie jedoch an dem Seil emporstiegen, gab ein jedes Muhammed zwei Nüsse. Die wartenden Gefährten staunten nicht wenig, als sie statt des Muhammed drei schöne Mädchen aus dem Brunnen zogen. Sie fragten die Mädchen: »Ist noch jemand unten?« Da antworteten die Mädchen: »Natürlich, Muhammed, der Sohn der Witwe!« Gergäb Eldschebäl und Fettäl Elhebäl ließen daraufhin nochmals das Seil hinab, doch als

Muhammed in halber Höhe war, schnitten sie hinterlistig das Seil durch, und Muhammed stürzte auf den Boden des Brunnens. Die drei schönen Mädchen aber führten sie schnell mit sich fort, Muhammed seinem Schicksal überlassend. Gergäb Eldschebäl und Fettäl Elhebäl verabredeten miteinander, daß sie in die nächste Stadt ziehen wollten, daß jeder eines der Mädchen zur Frau nehmen sollte, daß sie die dritte aber dem Herrn der Stadt zum Geschenk machen würden, um sich dessen uneingeschränktes Wohlwollen und, wenn es gut ginge, sich selbst etliche Macht zu verschaffen. Und so geschah es. Bald kamen sie in eine prächtige Stadt, jeder nahm ein Mädchen für sich, und die dritte machten sie dem Sultan zum Geschenk. Der Sultan war dermaßen entzückt über die Schönheit des Mädchens und die Freigebigkeit der Fremden, daß er nicht einmal die Hochzeit abwartete, sondern Fettäl Elhebäl und Gergäb Eldschebäl auf der Stelle zu seinen Wesiren zur Rechten und zur Linken machte.

Indessen wanderte Muhammed, der Sohn der Witwe, am Boden des Brunnens umher und hatte die Nüsse, die ihm die Mädchen, bevor sie ihn verließen, geschenkt hatten, völlig vergessen. Und während er so dahinwanderte, wurde ihm heiß, und er zog seine Kleider aus, um sich ein wenig auszuruhen und abzukühlen. Als er die Kleider zusammenlegte, spürte er, daß etwas Fremdes in den Taschen war, und als er nachschaute, fand er darin die Nüsse. Da er hungrig war, klopfte er eine Nuß auf. Doch es erschien aus der Nuß ein Geist in menschlicher Gestalt und sprach zu ihm: »Befiehl, o Herr, was du wünschst!«

Muhammed zögerte nicht lange und sprach: »Ich wünsche, daß du mich an den Ort bringst, wo sich die Mädchen befinden!« – »Nichts leichter als das«, antwortete der Geist, »steig auf meinen Rücken!« Muhammed stieg auf seinen Rücken, und mit Windeseile brachte ihn der Geist in die Stadt, in der sich die Mädchen befanden. In einem Winkel des Basars setzte er Muhammed ab und sprach: »Leb wohl, mein Herr, mein Auftrag ist erfüllt.« So schlenderte Muhammed durch die Gassen der fremden Stadt, bis er den Laden eines Schneidermeisters fand. Es war aber nicht irgendein Schneidermeister, sondern der Zunftmeister der Schneider dieser Stadt. Der Zunftmeister sah den müßig herumschlendernden Muhammed und fragte ihn: »Sag, wo kommst du her, was tust du hier?« Muhammed antwortete ihm: »Ich komme von weit her, bin fremd, kenne niemand und suche Arbeit.« Da sagte der Zunftmeister der Schneider: »Wenn du willst, kannst du bei mir arbeiten.« Muhammed stimmte sofort zu. »Du wirst im Laden schlafen, und deine Arbeit wird sein, da du mir kräftig und klug erscheinst, daß du auf alles, auf alle Waren und Stoffe, achtgibst. Dafür wirst du Abendbrot und auch Frühstück bekommen.« Muhammed bedankte sich, und sie waren sich einig. Die Tage im Dienst des Schneidermeisters gingen schnell vorüber.

In der Zwischenzeit bereitete der Sultan seine prächtige Hochzeit mit dem dritten Mädchen vor, und auch die Mädchen, die die Wesire für sich behalten hatten, sollten nun mit Fettäl Elhebäl und Gergäb Eldschebäl prächtige Hochzeit halten. Doch als der Sultan und seine neuen Wesire ihnen dies mitteilten, stellten die drei Mädchen eine Bedingung für die Hochzeit. Eine jede sprach zu dem Mann, der sie heiraten wollte: »Höre, ich werde nicht heiraten, wenn ich nicht ein Kleid bekomme, welches keine Nadel genäht und welches keine Schere zugeschnitten hat.« Der Sultan wandte sich ratlos an seine Wesire, und diese überlegten verlegen und wußten sich nicht anders zu helfen, als zu sagen: »Wir haben doch einen Zunftobersten der Schneider. Den laßt uns rufen! Schließlich ist das Kleidermachen sein Beruf, er soll uns helfen!« So rief man den

Obersten der Schneiderzunft vor den Sultan. Im Palast angekommen, sprach er: »Du hast mich rufen lassen, Herr?« Der Sultan entgegnete ihm: »Ja, ich habe dich rufen lassen, denn ich wünsche und befehle dir, drei Gewänder anzufertigen, die keine Nadel genäht und keine Schere zugeschnitten hat!« Da erschrak der Schneider und erwiderte: »O Herr, das ist unmöglich, ich vermag es nicht und sage dir, daß es so etwas nicht gibt! Weder ich noch irgendein Schneider unserer Stadt vermag sie anzufertigen!« Doch der Sultan drohte: »Du mußt sie liefern, ich befehle es dir. Wenn du sie nicht liefern kannst, lasse ich dir den Kopf abschlagen!« Da war der Schneidermeister sehr betrübt und sagte: »In der Prüfung ziemt sich Geduld.« Dann verabschiedete er sich, verließ laut klagend den Palast und kehrte weinend in seinen Laden zurück. Sein Lehrling und Wächter Muhammed kam ihm entgegen und fragte: »Was ist mit dir, Meister? Du weinst, und ich habe dich doch noch nie traurig gesehen? Was ist geschehen?« Der Meister sprach: »Laß mich nur, Muhammed. Ich will dir keine Schuld geben, aber seit dem Tag, an dem du zu mir gekommen bist, ist es mir nicht mehr gut gegangen!« Muhammed aber tröstete und beruhigte ihn: »Ich bin doch gleichsam dein Sohn, wie kannst du da so zu mir sprechen? Sag mir nur, was dir geschehen ist, und ich werde versuchen, dir zu helfen!«

Da erzählte der Meister Muhammed von dem undurchführbaren Auftrag des Sultans und seiner Wesire und daß er nun sterben müsse. Doch Muhammed entgegnete: »Habe keine Angst, Meister, geh heim und speise und ruhe dich aus und sorge dich nicht mehr. Die Kleider werde ich dir schon zu beschaffen wissen.« Da blickte der Zunftoberste aller Schneidermeister der Stadt ungläubig auf Muhammed und fragte: »Du treibst keinen Scherz mit mir?« Muhammed beteuerte: »Du wirst sie bei mir sehen, ohne

Scherz!« Schließlich bat er seinen Meister nochmals: »Geh, geh heim, Meister, geh lustig und nicht traurig, geh guter Dinge heim!« Da glaubte ihm der Meister, schöpfte Mut und ging heim.

Muhammed aber begab sich, kaum daß der Meister aus dem Laden war und nachdem er diesen gut abgeschlossen hatte, in das kleine Gemach hinter dem Laden, zündete eine Öllampe an und setzte sich an den Tisch. Dann griff er in seine Tasche, nahm eine Nuß heraus, eine von jenen, die ihm die Mädchen zum Abschied geschenkt hatten, und schlug sie auf. Sofort erschien ihm ein Geist in menschlicher Gestalt und sprach: »Verlange, mein Herr und Meister, was du wünschst!« Muhammed entgegnete: »Höre, ich wünsche drei Kleider, die keine Nadel genäht und keine Schere zugeschnitten hat!« Da sprach der Geist: »Allah sei dir gnädig! Hier, Herr, sind die Kleider, sie sind schon fertig!« Muhammed bedankte sich, nahm die Kleider, versteckte sie im Hintergemach und legte sich schlafen. Am nächsten Morgen kam der Schneidermeister und fragte Muhammed: »Nun, mein Söhnchen, was hast du getan? Hast du die Kleider?« Doch Muhammed entgegnete: »Ich habe nichts fertiggebracht, Meister.« Da wurde der Zunftmeister ärgerlich und wütend und rief: »Wie konntest du mir nur gestern sagen, ich solle guten Mutes heimgehen, während du mir jetzt gestehst, du habest nichts fertiggebracht?« Muhammed, der Sohn der Witwe, sah ihn fest an und sprach: »Verzeih mir, Meister, sei nicht böse, denn hier sind die Kleider, sie sind fix und fertig.« Bei diesen Worten begab er sich ins Hintergemach und brachte dem Meister die Kleider, der sah sie an und fand sie überaus vortrefflich. Darüber freute er sich sehr und sprach zu Muhammed: »Komm mit mir zum Sultan, damit dieser dir eine kleine Belohnung für deine Arbeit gibt!« Doch Muhammed erwiderte: »Nein, ich will nicht mitgehen, laß mich hier, geh

nur allein, es war deine Aufgabe, die Kleider zu beschaffen!« Und so ging der Meister allein in den Palast zum
Sultan und brachte diesem und den Wesiren die Kleider,
die sie bestellt hatten, und der Sultan war beglückt und
lobte den Zunftobersten der Schneidermeister, reichte ihm
die Hand zum Kuß und entließ ihn gnädig und glücklich
nach Hause. Der Sultan sandte sofort einen Boten zu den
Mädchen, gab ihnen die Kleider mit und ließ ausrichten:
»Die Kleider sind wie verlangt, sie sind fix und fertig, und
der Hochzeit steht nichts mehr im Wege!« Die Mädchen
aber hörten kaum auf den Boten, schauten nur auf die
Kleider und sprachen zueinander: »Seht, Muhammed, der
Sohn der Witwe, ist hierhergekommen!« Und sie freuten
sich.

Währenddessen ließ der Sultan in der ganzen Stadt ausrufen und mitteilen, daß am Morgen des kommenden
Tages die Hochzeit stattfinden würde. Auch der Zunftmeister der Schneider hörte davon, und er sprach zu Muhammed: »Mein Sohn, ich bitte dich, laß uns zusammen
ausgehen, damit wir uns die Reiterspiele ansehen, denn
diese Hochzeit wird ein großes Fest.« Doch Muhammed
entgegnete: »Meister, ich will nicht mitgehen, laß mich
bitte allein.« Und so ging der Zunftoberste allein aus. Muhammed begab sich, kaum daß er allein war, sofort in das
Hintergemach, schlug wiederum eine Nuß von jenen
Nüssen auf, und wieder erschien ihm ein Geist in menschlicher Gestalt und fragte nach seinen Wünschen. Muhammed sprach zu dem Geist: »Ich wünsche sofort ein schwarzes Pferd, einen schwarzen Sattel, schwarze Kleidung und
schwarze Waffen!« Kaum hatte er seinen Wunsch ausge-
sprochen, da stand alles bereit, er bestieg den Rappen und
begab sich geschwind zu den Reiterspielen, um an ihnen
teilzunehmen. Zum Abschluß der Spiele aber ergriff er die
Braut und flog mit ihr gen Himmel davon.

Nun möge sich die Erzählung wieder dem Sultan zuwenden! Der Sultan hatte von der Entführung nichts bemerkt und kehrte mit seinem Gefolge und dem Palankin, der Sänfte für seine Braut, in den Palast zurück. Dort fand er allerdings den Palankin leer. Bestürzt und zornig rief er: »Ha, man hat mir die Braut geraubt! Was soll ich jetzt tun, wie stehe ich da!« Einer der Wesire – ich weiß nicht, ob es Fettäl Elhebäl oder Gergäb Eldschebäl war – sagte schnell zum Sultan: »Herr, sei nicht so zornig, heirate dann doch eine von ihren Schwestern!« Damit war der Sultan einverstanden, und er befahl, die Hochzeit mit der zweiten Braut für den morgigen Tag festzusetzen. Es fand jedoch wieder ein Reiterspiel statt, und alle Menschen der Stadt kamen, um zuzuschauen, und auch die Braut wurde in einem Palankin zu den Reiterspielen gebracht. Muhammed begab sich abermals in das Hintergemach, schlug eine Nuß auf, wieder erschien ihm ein Geist in menschlicher Gestalt und sprach: »Verlange, mein Herr, was du wünschest!« Muhammed forderte: »Bring mir ein rotes Pferd, einen roten Sattel, rote Kleidung und rote Waffen.« – »Hier sind sie!« erwiderte der Geist. Muhammed kleidete sich an, sprang auf den Rotfuchs und ritt zu den Reiterspielen. Am Ende der Spiele entführte er die zweite Braut des Sultans, und niemand, weder der Sultan noch das Volk, bemerkte, wie der rote Reiter die Braut entführte, und alle kehrten froh nach Hause zurück. Es konnte auch niemand Muhammeds Tun bemerken, denn da er mit einem Geist im Bunde war, blieb er unsichtbar. Nachdem man im Palast angekommen war, wollte man dem Sultan die Braut zuführen. Doch als man den Palankin öffnete, war dieser leer. Als der Sultan davon hörte, wandte er sich an seine beiden Wesire und sprach: »Ratet mir nun! Der Palankin ist zum zweitenmal leer! Heute hat man mir wieder die Braut geraubt! Ratet, wie wir handeln sollen!« Einer der Wesire, ich weiß nicht, ob Gergäb Eldschebäl oder Fettäl Elhebäl, sprach daraufhin zum Sultan: »O Herr, wer sie gestern geraubt hat, der hat wohl auch heute den Raub begangen. Er muß sich also noch hier in der Stadt aufhalten. Ich sehe nur eine Möglichkeit, seiner habhaft zu werden. Laß verkünden, daß du morgen das dritte der schönen Mädchen heiraten willst, und veranstalte wieder Reiterspiele. Mir aber stelle deine Bogenschützen zur Verfügung!« Der Sultan war damit einverstanden, ließ die Bogenschützen kommen, und der Wesir sprach zu ihnen: »Hört gut zu, ihr Bogenschützen: Wenn morgen die Reiterspiele beginnen und zu euch ein fremder Reiter kommt, so gebt gut auf ihn acht! Wenn ihr seht, daß er gen Himmel entschwinden will, so schießt nach ihm mit all euren Pfeilen! Wer ihn trifft, dem gebe ich eine gute Belohnung!«

Die Erzählung möge sich jetzt wieder zu Muhammed, dem Sohn der Witwe, wenden! Dieser begab sich am Tag der dritten Reiterspiele abermals in das Hintergemach, schlug eine Nuß auf, ein Geist in menschlicher Gestalt erschien und sagte: »Verlange, mein Herr, was du wünschest!« Muhammed befahl: »Ich wünsche ein weißes Roß, einen weißen Sattel, weiße Kleidung und weiße Waffen!« Und so geschah es. Muhammed bestieg den Schimmel und begab sich zu den Reiterspielen. Gegen Ende der Spiele hielt er sich in der Nähe des Palankins auf, doch die Bogenschützen beobachteten ihn genau. Schließlich erfaßte er die Braut und flog mit ihr gen Himmel. Da schossen die Bogenschützen mit all ihren Pfeilen nach dem fremden Reiter, wie es der Wesir befohlen hatte, und einer traf Muhammed am Oberarm. Schnell riß er einer der umstehenden Frauen das seidene Umschlagtuch weg und verband damit seinen Arm. Dann begab er sich in den Schneiderladen und setzte sich mit dem verbundenen Arm an seinen Platz.

Den Palankin aber fand man leer, wie vordem an den anderen Tagen. Nun wandte sich der Sultan wieder an seine Wesire und sprach: »Was gedenkt ihr nun zu tun?« Der, welcher den Rat mit den Bogenschützen gegeben hatte, erwiderte: »Laß erst einmal alle Bogenschützen herkommen, damit ich sie befragen kann, wer ihn getroffen und wo er ihn verwundet hat!« Und so geschah es. Einer der Bogenschützen sprach: »Ich, Herr, habe ihn mit meinem Pfeil getroffen und habe ihn am Oberarm verwundet!« Da sprach der Wesir: »Du wirst deine Belohnung erhalten! Jetzt aber, o Sultan, schicke deine Leute in die Stadt: Und wen sie mit einer Wunde am Oberarm antreffen, den sollen sie festnehmen und in den Palast bringen!« So geschah es. Die Leute des Sultans begannen mit der Suche in der Stadt, und zwei von ihnen, die vom vielen Umhergehen ermüdet waren, setzten sich in den Laden des Zunftobersten der Schneider, um sich auszuruhen. Der Schneidermeister, der gerade arbeitete, sprach zu Muhammed: »Muhammed, reiche mir doch den Anzug, der dort auf dem Gestell liegt!« Muhammed erhob sich, reichte dem Meister den verlangten Anzug, und da wurde den beiden Leuten des Sultans sein mit einem Taschentuch verbundener Oberarm sichtbar! Die beiden sprangen sogleich auf und sprachen: »Halt, du bist unser Mann! Dich suchen wir in der ganzen Stadt! Wir haben den Befehl, dich unverzüglich vor den Sultan zu bringen!« So wurde Muhammed erkannt, verhaftet und sollte zum Sultan gebracht werden. Die Leute des Sultans hielten ihn fest und sprachen zueinander: »Das muß der sein, der die Bräute des Sultans geraubt hat!« Doch Muhammed verfügte nicht nur über große Kräfte, sondern auch über eine überzeugende Redegabe, und er sprach zu den Leuten des Sultans: »Hört, die ihr mich erkannt habt. Ich will zum Sultan kommen, ich verspreche es! Gebt mir eine kurze Frist, dann will ich freiwillig vor dem Sultan erscheinen! Mein Meister, den ihr ja alle kennt, wird für mich bürgen.« Da gaben die Leute des Sultans nach, der Meister leistete die Bürgschaft, Muhammed wurde in den Laden gebracht und dort allein im Hintergemach eingeschlossen und bewacht.

Sobald aber Muhammed allein war, zog er eine Nuß hervor, schlug sie auf, und alsbald erschien ein Geist in menschlicher Gestalt und sprach: »Verlange, was du wünschest, mein Herr!« Und Muhammed wünschte sich ein Kleid und die Ordenszeichen eines Sultans. Das Gewünschte war sofort zur Stelle. Muhammed kleidete sich um, ließ die Tür öffnen und trat hinaus. Da gerieten die Leute in Staunen und küßten ihm die Hand. Er aber begab sich in den Palast des Sultans der Stadt, wie er versprochen hatte. Dort angekommen, war man nicht wenig verwundert. Als der Sultan der Stadt ihn erblickte, erhob er sich, und beide begrüßten einander. Dann bat er Muhammed, neben ihm Platz zu nehmen, und fragte ihn: »Du hast die Bräute entführt?« Muhammed erwiderte: »Ja, ich habe es getan!« Und noch ehe der Sultan der Stadt etwas sagen konnte, fuhr er fort: »Mein Herr, sag mir doch, sind diese beiden Wesire hier bereits lange bei euch oder erst seit kurzem?« Ihm wurde geantwortet: »Sie sind erst seit kurzer Zeit bei mir und haben mir die erwähnten Mädchen gebracht!« Da wandte sich Muhammed, der Sohn der Witwe, den beiden Wesiren zu und sprach: »Bist du nicht Gergäb Eldschebäl und du nicht Fettäl Elhebäl?« Doch jene erwiderten ihm: »Nein, wir kennen dich übrigens auch nicht! Wie kommst du dazu, uns so zu fragen?« Muhammed entgegnete jedoch: »Wir haben doch Brot und Salz zusammen genossen, wir waren auf dem Schloß zusammen, wo die Alte euch durchgeprügelt hat, wo ich die Alte und jenen Teufel getötet und die Mädchen aus dem Brunnen gerettet habe! Ihr aber schnittet das Seil durch, an dem ich aus dem

Brunnen stieg.« Und zum Sultan der Stadt sprach er: »Komm mit mir, mein Herr, damit du dich von der Wahrheit überzeugen kannst.« Sie begaben sich zusammen zu den drei schönen Mädchen, worauf Muhammed den Sultan aufforderte, diese zu befragen, wer er sei. Der Sultan fragte nun: »Wer ist dieser Mann, und wer hat euch aus dem Brunnen gerettet?« Die Mädchen antworteten: »Das ist Muhammed, der Sohn der Witwe, und er hat uns aus dem Brunnen gerettet. Seine Gefährten aber verrieten ihn treulos, sie schnitten das Seil durch, an dem er hing.« Da glaubte der Sultan Muhammed sowie den Mädchen und ließ die beiden Wesire bringen und sprach: »Was sollen wir mit diesen beiden falschen Menschen anfangen? Wir wollen sie hinrichten lassen, und dann wählst du dir, Muhammed, eine Braut, und auch ich will mir eine Braut wählen, und die dritte wollen wir dem schenken, dem du sie, o Muhammed, Sohn der Witwe, geben willst.«

Und so geschah es. Muhammed, der Sohn der Witwe, wurde zum ersten Wesir im Reich des Sultans ernannt, und beide feierten eine prächtige Hochzeit mit dem Mädchen, das sie sich erwählt hatten.

Dschuder Ben Omar

Es lebte einst ein Mann in Kairo, der hieß Dschuder Ben Omar. Er war von Beruf Fischer und hatte eine Mutter und zwei Brüder zu versorgen, denn die beiden Brüder waren Bummler und Taugenichtse. So arbeitete Dschuder Ben Omar von Sonnenaufgang bis Sonnenuntergang, um sich und seine Mutter vom Fischfang zu ernähren. Jeden Tag begab er sich aufs neue an das Ufer des Flusses, warf unermüdlich sein Netz aus, und doch hatte er abends nur ein paar armselige Fische gefangen, die er dann für einen dreiviertel oder, wenn er Glück hatte, für einen ganzen Piaster verkaufen konnte. So lebte er lange Zeit.

Einst aber dachte er bei sich: ›Diese Beschäftigung kann weder mich noch meine Mutter auf die Dauer ernähren, irgend etwas muß geschehen.‹

Kurz darauf begab er sich wieder an das Ufer, warf seine Netze aus, tat dies einmal und zweimal, immer wieder ohne Erfolg. Er sann wiederum nach und sprach zu sich: ›Ich will heute ein wenig ausruhen, denn das ständige Netzeauswerfen erbringt auch keinen Fang. Das Schicksal will es nun einmal so. Vielleicht werde ich gegen Abend mit Allahs Hilfe, er sei mir gnädig, wie gewöhnlich zwei Fische fangen!‹ Und so ruhte sich Dschuder Ben Omar am Ufer liegend aus, ohne wie üblich unermüdlich die Netze auszuwerfen. Während er so dasaß und auf das Wasser starrte, kam ein Mann auf einem Maultier herbeigeritten und sprach zu ihm: »Friede sei über dir!« Dschuder Ben Omar blickte erstaunt auf und antwortete: »Friede sei über dir!« Da sprach der Fremde: »Bist du Dschuder Ben

Omar?« Er entgegnete: »Ja, Herr!« Da stieg der Fremde von seinem Maultier, trat zu Dschuder Ben Omar, gab ihm hundert Goldstücke sowie einen seidenen Strick und sprach: »Hier sind hundert Goldstücke, die sind für dich, und hier ist ein seidener Strick, der ist für mich. Mit dem Strick sollst du mich festbinden, dann ins Wasser tragen, bis du an die tiefste Stelle kommst. Dort sollst du mich hineinwerfen. Wenn du das getan hast, dann bleibe stehen und warte an jener Stelle. Wenn du siehst, daß sich der Schaum des Wassers weiß färbt, so freue dich, denn dann komme ich wieder zu dir herauf, und du sollst mich wieder ans Ufer geleiten. Wenn du aber siehst, daß sich der Schaum des Wassers rot färbt, dann halte mich für tot!« Dschuder Ben Omar blickte den Fremden mißtrauisch an und fragte: »Wozu soll das gut sein?« Doch der Fremde entgegnete kurz: »Frag mich nicht weiter, tu, wie dir geheißen. Wenn ich wieder zu dir heraufkomme, dann bist du ein reicher Mann, sterbe ich aber, mein Söhnchen, dann sei mir und dir Allah gnädig! Was zu tun ist, ist, was dir Allah zugedacht hat, zögere also nicht länger!« Da weigerte sich Dschuder nicht länger, sondern ergriff den Fremden und fesselte ihn. Der Fremde aber forderte: »Binde mich noch fester, Dschuder Ben Omar!« Und dieser tat, wie ihm gesagt wurde, und endlich war der Fremde zufrieden. Nun nahm er ihn auf den Rücken, stapfte mit seiner Last ins Wasser und warf ihn an einer tiefen Stelle hinein. Dann blieb er stehen und wartete, was geschehen würde. Er wartete lange, hatte der Fremde doch noch gesagt: »Warte ungefähr eine Stunde!« Nachdem die Stunde vorüber war, breitete sich auf dem Wasser roter Schaum aus. Da rief Dschuder: »Allah, jener ist tot! Er hat sich selbst Leid angetan, wie es nur ein Feind dem Feinde antut!« Dann watete er zurück ans Ufer, bestieg das Maultier und begab sich in die Stadt. Auf dem Weg dorthin begegnete

ihm in der Nähe des Stadttores ein Jude, der ihn an-
herrschte: »He, gib mir mein Maultier zurück!« Dschuder
gab es dem Juden ohne zu murren und zu streiten: »Hier,
nimm es!« Sobald der Jude das Maultier erhalten hatte,
sagte er: »Begierde und Mord bringen den Menschen ins
Verderben!« Sprach's und verschwand in den Straßen der
Stadt. Dschuder Ben Omar aber ging heim zu seiner Mutter in froher Stimmung über das viele für seine Tat erhalte-
ne Geld. Unterwegs ging er noch zum Fleischer und kaufte
Fleisch, dann Gemüse und Schmalz; kurz, er machte einen
prächtigen Einkauf und kam beladen mit all den guten
Dingen nach Hause. Seine Mutter staunte nicht wenig, als
sie ihn so reich bepackt über die Schwelle treten sah, und
fragte: »O Dschuder Ben Omar, wo hast du für so viele
Dinge so viel Geld her?« Er entgegnete: »Allah hat es mir
geschenkt, was fragst du weiter? Iß und trink und bete für
mein Wohlergehen!« Da sprach die Mutter: »Mein Söhnchen, du willst, daß ich für dein Wohlergehen bete, dann
aber mußt du auch deine Brüder holen, damit sie mit dir
und mir speisen! Auch wenn sie Bummler sind, was können wir anderes tun, schließlich gehören sie zu unserer
Familie!« Dschuder war einverstanden und antwortete:
»Mütterchen, was Allah mir schenkt, das will ich mit dir
und meinen Brüdern teilen.« Und er holte seine Brüder aus
dem Kaffeehaus, speiste mit ihnen und seiner Mutter zu
Abend, man wurde satt und hatte einen gesunden Schlaf.

Am nächsten Morgen nahm er wieder sein Netz und
sprach: »Wohlan, ich will mein Glück versuchen!« Er begab
sich an das Ufer des Flusses und setzte sich hin. Während
er noch so dasaß und sich von dem weiten Weg ausruhte,
kam wiederum ein Mann auf einem Maultier herangeritten
und grüßte mit den Worten: »Friede sei über dir!« Dschuder erwiderte den Gruß, und jener fragte: »Bist du Dschuder Ben Omar?« Als Dschuder diese Frage bejahte, fragte

jener weiter: »Kam gestern jemand zu dir auf einem Maultier geritten?« Da wurde Dschuder seltsam zumute, und er antwortete: »Nein, Herr, ich habe niemand gesehen, ich weiß nichts davon!« Der Fremde schaute ihn jedoch ernst an und sprach: »Höre, ist nicht ein Mann zu dir gekommen, der dir einen seidenen Strick gab und dich bat, ihn zu fesseln?« Doch Dschuder verneinte auch diese Frage. Da sprach der Fremde: »Sage mir doch die Wahrheit, denn du sollst mit mir dasselbe tun wie mit jenem!« Nun sagte Dschuder die Wahrheit und erzählte dem Fremden auch, was passiert war, nachdem er ihn ins Wasser geworfen hatte. Da wurde der Fremde traurig und sprach: »Das war also das Ende seines Lebens, und so ging er in die Tiefen des Wassers hinab, um zu sterben!« Darauf stieg der Mann von seinem Maultier, griff in seine Tasche und zog hundert Goldstücke hervor, reichte sie Dschuder, zog auch einen seidenen Strick hervor, den er Dschuder mit den Worten übergab: »Feßle mich, o Dschuder Ben Omar, trage mich ins Wasser und wirf mich an derselben Stelle hinein, wo du auch meinen Bruder hineingeworfen hast! Wenn du nun siehst, daß roter Schaum sich ausbreitet, dann halte mich für tot; wenn aber weißer Schaum erscheint, dann freue dich und denke, du bist nun ein reicher Mann!« Dschuder zögerte nicht länger, sprach: »Allah sei mir und dir gnädig!«, packte den Mann, fesselte ihn, trug ihn auf seinen Schultern ins Wasser, warf ihn hinein in die Tiefe des Wassers und wartete. Mit einem Mal stieg roter Schaum an die Oberfläche und breitete sich aus. Dschuder blickte nachdenklich darauf und dachte bei sich: ›Warum tun sich jene selbst solch Leid an? Aber was soll ich darüber nachgrübeln, erhalte ich doch auf diese Art und Weise jeden Tag hundert Goldstücke! Wenn diese Zahlungen, die das Schicksal mir bestimmt hat, aufhören, weiß ich wirklich nicht, ob ich lieber sterbe oder weiterlebe wie vorher.‹

Hierauf nahm er das Maultier des Fremden am Halfter, setzte sich darauf und ritt heim. Und wie am Vortag begegnete ihm der Jude und sagte: »Gib mir das Maultier!« Dschuder erwiderte: »Hier, nimm es!« Der Jude aber fragte weiter: »Er kam zu dir?« – »Ja!« antwortete Dschuder. »Er starb wie sein Bruder?« fragte der Jude weiter, und wiederum bejahte Dschuder Ben Omar diese Frage. Da sprach der Jude: »So geht ein Leben zu Ende!« und verlor sich mit dem Maultier in den Gassen und Straßen der Stadt. Dschuder aber kehrte in froher Stimmung nach Haus zu seiner Mutter zurück, kaufte unterwegs noch neue Kleider für sie und seine Brüder, kaufte auch Essen für alle, und man speiste gut zu Abend.

Am nächsten Morgen nahm Dschuder wie gewöhnlich sein Netz und begab sich an das Ufer des Flusses. An seinem üblichen Platz angekommen, ließ er sich nieder, um sich vom Weg auszuruhen, und während er noch so in Gedanken dasaß, sah er, wie an den vergangenen Tagen, einen Mann auf einem Maultier heranreiten. Dschuder sprach zu sich: ›Ich will gar nicht erst das Netz auswerfen, vielleicht schenkt mir Allah wieder hundert Goldstücke!‹ In der Zwischenzeit hatte der Fremde sich Dschuder genähert, und er sah, daß es ein würdiger Greis war. Dieser fragte nun: »Bist du Dschuder Ben Omar?« Dschuder antwortete: »Ja, der bin ich!« Da stieg der Greis von seinem Maultier, trat auf Dschuder zu und fragte: »Sind zwei Männer zu dir gekommen, einer gestern und einer vorgestern?« – »Ja, Herr«, erwiderte Dschuder, »sie sind gekommen, aber sie sind beide gestorben und in die Gnade Allahs eingegangen!« Da griff der Greis in seine Tasche und gab Dschuder fünfhundert Goldstücke, viel mehr also als die beiden anderen, zog seine Kleider aus, griff mit der Hand in seinen Reisesack und holte einen Anzug aus Leder heraus, den er anzog. Die abgelegten Kleider steckte er in den Reisesack und sprach zu Dschuder: »Berühre auf keinen Fall diese Sachen. Nun tue dein Werk. Die Kleider aber in diesem Reisesack übergib dem Juden, der dir auch das Maultier abnehmen wird.« Da faßte sich Dschuder ein Herz und sprach: »Warum, o Herr, stürzt ihr euch so ins Verderben?« Der Greis entgegnete: »Wenn ich lebend aus dem Wasser zurückkomme, werde ich die Kleider selbst wieder anlegen und dir alles erklären. Sollte ich aber nicht wiederkommen, dann ist's auch gut. Wie es Allah bestimmt, so ist es richtig!« Hierauf gab er Dschuder einen roten Strick, der ihn damit fesselte, auf seine Schultern nahm, ins Wasser hineinwatete und an jener Stelle, wo er auch die anderen hineingeworfen hatte, hineinwarf. Dann wartete Dschuder eine Stunde lang. Mit einem Mal stieg weißer Schaum auf die Oberfläche und verbreitete sich, und während sich Dschuder noch freute, kam auch der Greis wieder an die Oberfläche. Dschuder nahm ihn auf seine Schultern und trug ihn an Land. Der Greis aber hatte in jeder Hand einen roten Fisch und ein goldenes Rohr im Mund. Nachdem ihm Dschuder auf seinen Befehl hin die Fesseln gelöst hatte, griff er in den Reisesack, zog eine Dose hervor, steckte die beiden Fische hinein und verschloß die Dose sorgfältig. Dann wandte er sich an Dschuder und sprach: »Du, Dschuder Ben Omar, gehörst zu den Glücklichen! Sieh, in diesem goldenen Rohr befindet sich ein Zauberpulver. Wir waren drei Brüder, und alle waren wir Zauberer. Nun gibt es weit von hier, weit im Abendland, einen Schatz, über den wir in den Zaubersprüchen gelesen hatten, und wir hatten darin auch gelesen, daß er nur durch deine Mitwirkung gehoben werden könne. Wer mit diesem Pulver seine Augen bestreicht, der erblickt die Schätze der Erde und unermeßliche Reichtümer. Jene Fische in dieser Dose sind Geisterprinzessinnen, die Wächterinnen und Besitzerinnen jenes Schatzes. Deine Aufgabe ist es nun, mit mir gemeinsam auszuziehen und jenen Schatz zu heben. Als wir vor langer Zeit schon einmal mit Zauberei gegen diese Geisterprinzessinnen vorgehen wollten, da nahmen sie uns das Rohr mit dem Pulver ab und flohen damit ins Wasser. Mein erster und jüngster Bruder kam nun vor drei Tagen hierher und mußte bei seinem Versuch sterben, dasselbe geschah meinem zweiten Bruder. Du aber mußt nun mit mir nach Westen ziehen und ein Jahr lang bei mir bleiben!«

Dschuder Ben Omar staunte bei den Worten des Greises nicht wenig, war aber bereit, mit ihm zu ziehen, doch er sprach: »Wer aber wird für meine alte Mutter sorgen? Wer wird für sie arbeiten und sie ernähren, wenn ich nicht hier bin?« Da erwiderte jener: »Wir wollen ihr für die Zeit deiner Abwesenheit so viel hierlassen, daß sie zufrieden sein wird!« Daraufhin griff er in den Reisesack und entnahm ihm einen zweiten, zusammengelegten Reisesack. »Wenn dieser Reisesack«, so erklärte er, »auseinandergefaltet wird, erscheint all das, was du zu essen wünschst, alle Speisen und Getränke werden auf ihm gar und in schmackhaftem Zustand serviert!« Dschuder sah sich den Reisesack an und sprach: »Nun gut, wir wollen ihn auseinanderfalten und ausprobieren, damit ich beruhigt bin!« Da legte der Greis den Reisesack auseinander und forderte Dschuder auf, sich Speisen zu wünschen, die er gern jetzt essen möchte. Dschuder sprach: »Ich wünsche mir gefüllte Hühner, Rebhühner, in Schmalz gebraten, und junge Tauben, kurz, eine prächtige Mahlzeit!« Und noch ehe er es sich versah, erschien auf dem ausgebreiteten Reisesack alles fix und fertig zubereitet, und er und der Greis speisten vortrefflich zu Mittag. Dann legten sie den Reisesack wieder zusammen, und der Greis übergab ihn Dschuder mit den Worten: »Nimm ihn und gib ihn deiner Mutter! Zeige ihr genau, was sie zu tun hat, damit ihr alle Speisen, die sie wünscht, erscheinen. Schärfe ihr aber ein, ihn nicht deinen Brüdern zu zeigen!« Da nahm Dschuder Ben Omar froh und erleichtert den Reisesack und ging zurück in die Stadt zu seiner Mutter. Ihr erzählte er, was ihm begegnet war, und sagte dann: »Höre, Mutter, ich will und muß verreisen. Ich will dich für ein Jahr verlassen, möchte aber, daß du gut von mir denkst und für mein Wohlergehen betest!« Die Mutter entgegnete: »Mein Söhnchen, du willst mich verlassen? Wer wird nun mit mir zärtlich sein, mit mir armer alter Frau? Von deinen Brüdern weißt du ja selbst, daß sie Bummler und Taugenichtse sind! Und wer soll für mich sorgen?« Er entgegnete: »Ich werde dir etwas hierlassen, das dir deinen Unterhalt gewähren wird! Gib gut acht, was ich dir nun zeige und sage.« Daraufhin zog Dschuder den Reisesack hervor und fuhr fort: »Verlange nun, was immer du essen möchtest!« Und während er dies sagte, faltete er den Reisesack auseinander. Seine Mutter aber erwiderte: »Ach, Söhnchen, was lügst du mir vor? Was willst du mit diesem Reisesack? Was ist mit ihm?« Er wiederholte aber seine Aufforderung. Da gab die Mutter nach und sprach: »Wenn du es unbedingt willst, dann wünsche ich mir einige Gerstenbrote und einen Teller Gemüse!« Da lachte Dschuder sie aus und sagte: »Wenn es so ist, dann will lieber ich etwas für dich wünschen! Ich mag dieses Arme-Leute-Essen nicht so gern!« Und er wünschte sich eine prächtige Mahlzeit. Zwar lagen bereits die Gerstenbrote da, und auch der Teller Gemüse stand bereit, mit einem Mal aber stand auch eine große Tafel vor ihnen mit allem, was Mund und Zungen erfreut und was diese benennen können, eine wahrhaft königliche Tafel. Dann sprach Dschuder zu seiner Mutter: »Ich habe dir etwas gegeben, was dich ernähren wird. Ich habe dir gezeigt, wie der Reisesack zusammenzulegen ist. Jetzt aber muß ich dich auf ein Jahr verlassen!« Die Mutter entgegnete:

»Wohlan, zieh hin, mein Söhnchen, ziehe wohl und munter aus und komm gesund zurück, ich werde für dich zu Allah beten!« Dschuder sagte ihr noch, was ihm der Greis eingeschärft hatte: »Hüte dich, Mutter, meinen Brüdern diesen Reisesack zu zeigen! Das Essen magst du ja mit ihnen teilen, laß sie nicht darben, denn schließlich sind es meine Brüder und deine Söhne! Aber hüte dich, ihnen den Reisesack zu zeigen! Ich gebe dir auch noch diese fünfhundert Goldstücke, damit du für dich und meine Brüder Kleider kaufen und ins Bad gehen kannst. Komme ich zurück, so werden wir uns wiedersehen; komme ich nicht zurück, so werden wir uns bei Allah wiedertreffen! Ich will mich jetzt verabschieden, denn ich muß gehen.« Hiermit sagte er ihr ›Lebewohl‹ und ›Allah behüte dich‹, und auch seine Mutter sprach: »Der Friede sei über dir! Leb wohl!«

Dschuder Ben Omar begab sich sofort zu dem Greis, von dem er ein Maultier erhielt, und sie traten ihre Reise an. Auf dem Rücken ihrer Maultiere reisten sie vom Morgen bis zum Abend. Dann sprach der Greis: »Nun ist es für heute genug, laß uns haltmachen, ausruhen und Abendbrot essen. Weißt du überhaupt, was für eine große Strecke wir heute zurückgelegt haben?« Dschuder wußte es nicht, denn bisher war er immer nur vom Haus seiner Mutter bis zum Ufer des Wassers gegangen, um Fische zu fangen. Da antwortete der Greis: »Wir haben heute eine Strecke, für die normale Menschen drei Monate benötigen, zurückgelegt!« Dschuder staunte, sagte aber nichts weiter. Dann aßen sie zu Abend, legten sich nieder und schliefen bis zum nächsten Morgen. Früh brachen sie auf und rasteten erst wieder, als die Nacht hereinbrach, aßen und schliefen bis zum nächsten Morgen und hatten wiederum eine Strecke wie am Vortage zurückgelegt. Auch am dritten Tag ihrer Reise standen sie früh auf, waren bis spät unterwegs und kamen gerade vor Einbruch der Nacht vor eine befestigte Stadt.

Noch bevor die Tore geschlossen wurden, betraten sie diese, schickten, auf ein Wort des Greises, ihre Maultiere fort, die spurlos in der Dunkelheit verschwanden. Die Stadt aber, in der sie jetzt waren, war die Heimatstadt des Greises, und so begaben sie sich in dessen Haus. Dort aßen und tranken sie und legten sich müde zum Schlafen nieder.

Drei Tage war Dschuder bereits Gast im Hause des Greises, hatte sich ausgeruht und sprach daher zu jenem: »Laß uns doch weiterreisen!« Der aber erwiderte: »O Dschuder, gib mir noch eine Frist, ich möchte, daß du noch einen Monat als Gast in meinem Hause verweilst!« Dschuder gab nach, doch auch der Monat war bald abgelaufen, und als er wiederum nachfragte, bat der Greis abermals um einen Monat Ruhepause. So blieb denn Dschuder einen zweiten und auch einen dritten Monat im Haus des Greises zu Gast. Doch eines Tages sprach er wieder zu seinem Gastgeber: »Laß uns doch weiterreisen, ich habe nichts zu tun, langweile mich, werde unruhig und bekomme Sehnsucht nach meiner Mutter.« Doch der Greis erwiderte: »Ich habe dich für ein ganzes Jahr mit mir aus deiner Heimat fortgenommen, gedulde dich also. Und da du mit mir hierhergekommen bist und deine Mutter gut versorgt weißt, hast du im Notfall freiwillig auf deine Heimat und die Deinigen verzichtet! Wenn wir unsern Plan ausgeführt und unser Ziel erreicht haben, dann kannst du in zwei Stunden wieder nach Haus zurückkehren!« So faßte sich denn Dschuder in Geduld und fragte nicht mehr, wann sie die Weiterreise antreten würden. Eines Tages aber sprach der Greis zu ihm: »Nun, Dschuder Ben Omar, jetzt wollen wir aufbrechen, heute möge uns Allah Gelingen geben!«

Und sofort brachen beide auf und reisten, bis sie an den Fuß eines großen Berges kamen. Da begann der Greis seinen Zauber: Er brachte verschiedenes Holz, zündete ein Feuer an und begann in die Flammen Räucherwerk zu streuen. Zu Dschuder aber sprach er: »Bleibe hier aufrecht und starr wie ein Stein sitzen, sprich um Allahs willen kein Wort!« Dann zauberte er weiter, und schließlich öffnete sich durch die Zaubersprüche der Berg und mit ihm der Schatz. Dschuder sah ein Christenmädchen aus der Schatzkammer herauskommen, und dieses hatte eine goldene Waage in der Hand. Das Mädchen trat zu dem Greis und sprach: »Du Marokkaner, gib mir, was du hast!« Und jener übergab dem Mädchen einige Päckchen feinen Räucherwerks, die es auf die Waage legte und wägte, und es fand das Gewicht richtig und gut. Da sprach es: »Tritt ein, es ist dir der Zugang nicht verwehrt!« Der marokkanische Greis aber wandte sich an Dschuder: »Geh du hinein, ich werde hierbleiben und auf dich warten. Du mußt bis in die Enge der Höhle gehen, dort wirst du einen breiteren Gang finden. Wenn du diesen entlanggehst, wird sich dir ein Haus zeigen, und in dem Haus werden sich vier Zimmer einander gegenüber befinden. Geh in das Zimmer, vor dem du dich gerade befindest! Du wirst darin ein Schwert und eine Tafel erblicken, und wenn du sie siehst, werden Geister auf dich einsprechen und dich zum Reden verleiten wollen. Lasse dich nicht schrecken und hüte dich, ihnen zu antworten, denn wenn du antwortest, dann müssen wir beide sterben. Wenn du vor dem Schwert und der Tafel stehst – das Schwert wird über der Tafel hängen –, dann nimm beide Dinge, ohne zu reden, und komm eilends wieder zu mir heraus!« Dschuder Ben Omar hörte aufmerksam zu, prägte sich alles genau ein, dann ging er in die Schatzhöhle und schritt den engen Gang hinab. Da hörte er mit einem Mal eine Stimme angstvoll rufen, er sah nach ihr und hörte deutlich die Worte: »Befreie mich, o Dschuder Ben Omar!« Als er näher nachforschte, sah er ein Mädchen, das am Hals und an den Händen gefesselt war. Dschuder, der ein mitleidiges Herz hatte, dachte bei sich:

›Wohlan, ich will das Mädchen aus dem Eisen befreien, und wenn ich es befreit habe, will ich das Schwert und die Tafel, die ich dort erblicke, nehmen und schnellstens zu dem Greis zurückkehren.‹ Und er vergaß, was jener Greis ihm eingeschärft hatte, trat zu dem Mädchen und fragte es: »Was ist mir dir, meine Tochter?« Ein Donnern ertönte, und er befand sich vor der Höhle, der Schatz und die Schatzkammer aber waren vom Fels verschlossen, und Dschuder wußte nicht, was sich mit ihm zugetragen hatte. Er fand sich nicht zurecht. Der Greis aber nahm ihn auf seinen Rücken und kehrte mit ihm in sein Haus zurück. Noch immer war Dschuder wie betäubt, er wußte nicht, wo er sich befand, noch, was mit ihm geschah. Zu Hause besprengte ihn der Alte mit Wasser, bis er wieder zur Besinnung kam, und sprach schließlich zu ihm: »Ach, Dschuder Ben Omar, warum tust du mir das an? Obwohl ich dich gewarnt und eindringlich belehrt habe, nichts hat es genutzt! Warum nur?« Dschuder entgegnete: »Alles, was du mir ans Herz gelegt hast, habe ich stets im Gedächtnis behalten, nur die Worte, ich solle unter keinen Umständen sprechen, hatte ich vergessen! Sage mir aber, was ist mit jenem Mädchen, davon hattest du nicht gesprochen, ist sie ein Geist oder ein Mensch?« Der Marokkaner erwiderte: »Das stimmt, ich hatte dir von ihr nichts gesagt! Sie ist ein Mensch, eine Prinzessin. Der Teufel hat sie dorthin ge-bracht, und er peinigt sie schon drei Jahre lang Nacht und Tag, denn er versucht sie zu überreden, seine Frau zu werden, doch standhaft weigerte sie sich bisher. Es ist ihr vom Schicksal bestimmt, daß sie nur durch dich gerettet und befreit werden kann!«

Da wandte sich Dschuder an den Greis und fragte: »Was ist nun zu tun?« Der entgegnete: »Wenn du an sie her-angetreten wärst, ohne zu sprechen, und deine Hand auf ihre Ketten gelegt hättest, so würden dieselben sich von allein geöffnet haben. Jetzt aber, da alles noch einmal glimpflich abgegangen ist, mußt du noch ein Jahr bei mir bleiben, um das Werk zu vollenden!« Dschuder antwortete ihm, da er die Schuld am Mißlingen hatte: »Gern bleibe ich noch ein Jahr bei dir, und wenn jene eine Gläubige ist, so bleibe ich ihretwegen auch zehn Jahre!«

Als das zweite Jahr zu Ende ging, sprach der Greis zu Dschuder: »Wir wollen uns noch einmal auf den Weg machen, zu unserem Schatz!« Und sie begaben sich wieder zu dem Berg, der Alte machte ein Feuer, legte in die Flammen Räucherwerk und unterwies Dschuder noch einmal mit eindringlichen Worten: »Ich schärfe dir noch einmal alles ordentlich ein, drum hüte dich, meine Worte wie beim erstenmal zu vergessen! Kein einziges darf dir entfallen! Wenn du also an das Mädchen herantrittst, um sie zu befreien, so lege deine Hand an die Ketten, ohne zu sprechen. Wenn du sie befreit hast, dann wirst du hinter ihr einen Schrank erblicken. In diesem Schrank befindet sich ein Dolch, der von oben bis unten beschrieben ist. Auf ihm steht, daß der Besitzer des Schatzes durch ihn sterben soll, denn seine Seele ist darauf gebannt. Wenn du nun diesen Dolch anfaßt, wird der Teufel auf dich einreden und rufen: ›Verschone mich, Dschuder!‹ Du darfst aber darauf nicht hören, denn wenn du sprichst, dann müssen wir sterben! Und nun empfiehl dich der Gnade Allahs!«

Während er so geredet hatte, öffnete sich der Schatz, und das Christenmädchen erschien wieder wie beim erstenmal, und es sprach: »Gib, was du hast!« Der Greis überreichte ihr das Räucherwerk, sie wog es und befand es für richtig. Dann sprach sie: »Hast du nicht genug vom erstenmal? Nun, tritt ein, es sei dir nicht verwehrt!« Dschuder Ben Omar begab sich in die Höhle, bis er zu der Enge kam, dann ging er durch den Gang zu dem Haus. Dort sah er das Schwert und die Tafel, nahm beides an sich, die Tafel steckte er in die Tasche, das Schwert hängte er an seine linke Seite. Danach begab er sich zu dem Mädchen, ergriff die Ketten, die von selbst herabfielen. Hinter dem Mädchen erblickte er den Schrank, und in dem Schrank befand sich, wie der Alte gesagt hatte, ein von oben bis unten beschriebener Dolch. Diesen nahm er heraus. Doch kaum hatte er den Dolch berührt, da erschien ihm der Teufel und schrie: »Verschone mich, Dschuder!« Dschuder aber verhielt sich still, hörte nicht auf den Teufel und sprach nicht mit ihm. Als der teuflische Geist ihn bedrängte, da schwang er den Dolch durch die Luft, und der unreine Geist verbrannte im Feuer. Der Schatz und die Schatzhöhle aber blieben geöffnet. Dschuder Ben Omar begab sich nun mit den Dingen, die er auf Geheiß des Marokkaners an sich genommen hatte, zu ihm ins Freie.

»Bravo, Dschuder Ben Omar, du gehörst zu den Glückseligen!« begrüßte ihn der Greis. Dann nahm er Dschuder das Schwert und die Tafel ab und sprach: »Wir wollen jetzt heimkehren, es schadet nichts, wenn dieser Schatz geöffnet bleibt, denn niemand außer dir und mir kann ihn sehen!« Darauf nahmen sie das Mädchen und zogen wieder in das Haus des Alten. Dort wurde es zu den Frauen gebracht, der Greis aber und Dschuder bezogen das Obergeschoß. Sie aßen beide zu Abend und legten sich schlafen. Doch bevor sie einschliefen, bat Dschuder den Greis, ihm zu zeigen, worin die Eigenschaft des Schwertes und der Tafel bestehe. Da sprach jener: »Wenn du dies Schwert in die Hand nimmst und schwingst, dann schneidet es die Köpfe herunter, so weit wie du blickst. Die Eigenschaft der Tafel aber ist, daß dir auf ihr jedes Ding, das du dir nur wünschst, erscheint. Denn mit dieser Tafel stehen zwei Geisterkönige in Verbindung. Wenn du also in deine Heimat zurückkehren möchtest, so kannst du mit dieser

Zaubertafel innerhalb von zwei Stunden den Weg zurücklegen. Wünschst du dir noch ein Heer zu deiner Begleitung, so kannst du auch dieses bekommen!« Dschuder aber
sprach: »Das gefällt mir außerordentlich, aber mir tut der
Schatz leid, den wir so schutzlos und offen hinterlassen
haben!« Da erwiderte der Alte: »Sei nur ohne Sorge. Den
Schatz kann niemand sehen, und sobald du es wünschst,
gehört der ganze Schatz dir! Laß nur keine Begierde zu
diesem Mädchen, das du befreit hast, in dir aufkommen!
Wir tun seinem Vater einen großen Gefallen, wenn wir es
unversehrt zu ihm zurückbringen! Und du, mein Sohn,
willst du morgen zu deiner Mutter zurückkehren?« Dschuder freute sich über dieses Angebot. Nun sprach der Greis
zu ihm: »Das Schwert hat für dich weiter keinen Nutzen,
aber ich will dir die Tafel geben, sie könnte dir noch sehr
nützlich werden!«

Die Erzählung möge sich nun wieder zur Mutter des
Dschuder Ben Omar wenden. Ihre beiden anderen Söhne
daheim sahen, daß sie jeden Tag gutes Essen und Wein auf
den Tisch brachte. Heimlich tuschelten sie miteinander:
»Dies Geld und dieses Essen, das wir täglich bekommen,
woher stammt es eigentlich?« So wandte sich der ältere der
beiden Brüder eines Tages an seine Mutter und sprach:
»Woher kommt all das Essen und das viele Geld, wie wir
es so reichlich vordem noch nie zu sehen bekommen
haben?« Doch die Mutter erwiderte: »Was wollt ihr? Eßt
und trinkt, meine Söhne, und fragt nicht weiter.« Die
Brüder aber ließen nicht locker und bedrängten die Mutter
immer wieder: »Nein, wir wollen es wissen, du mußt es
uns sagen!« Dabei hielten sie ihr die Hände fest und machten eine so schreckliche Miene, als wenn sie sie töten wollten. Die Mutter bekam große Angst und übergab den beiden Brüdern, den Taugenichtsen und Bummlern, entgegen
der Warnung Dschuders, den Reisesack. Sie nahmen ihn

und verließen auf der Stelle ihre Mutter. Die beiden begaben sich in eine Schenke, breiteten den Reisesack auseinander, schmausten und zechten und bewirteten auch ihre Freunde. Die Mutter indessen kam vor Hunger fast um. Deshalb mußte sie ihre wenigen Habseligkeiten verkaufen, um sich wenigstens ein bißchen Essen kaufen zu können. Schließlich aber hatte sie gar kein Geld mehr, nichts mehr war zu verkaufen, und da mußte sie betteln gehn.

Nun möge sich die Erzählung wieder Dschuder Ben Omar zuwenden. Dschuder, nun im Besitz der Zaubertafel, dachte nach und sprach zu sich selbst: »Ich will sie erproben; ich will den Geistern befehlen, sofort zu mir zu kommen und mir zu Diensten zu sein.« Und so geschah es. Er befahl den Geisterkönigen, ihm ein Heer aufzustellen, denn er wollte auf dem Landwege heimkehren, jedoch wie ein Fürst. Dazu benötigte er ein Heer. Die Geisterkönige stellten ein Heer auf, er bestieg ein wunderbares Pferd, und die Soldaten ritten ihm zur Rechten und zur Linken. Dschuder aber, in ihrer Mitte, war der Befehlshaber eines starken Heeres. Lange reisten sie so, dann wollte Dschuder Rast machen, und er befahl den Geisterkönigen zu kommen und sprach zu ihnen: »Hört, die ihr mir zu Diensten seid. Ich wünsche von euch ein Prachtzelt mit vier goldenen Zeltkuppeln, in denen die Sonne sich spiegelt, und auch die Zeltstangen müssen aus Gold sein, schließlich ein elfenbeinernes Bettgestell und seidene Betten!« Es geschah alles nach seinem Wunsch. Dschuder schlief in einem vortrefflichen und herrlichen Bett, so wie er es sich gewünscht hatte. Als der Morgen anbrach, machte er sich mit seinem Gefolge wieder auf die Reise und legte innerhalb eines Tages die Wegstrecke eines Monats zurück. Gegen Abend erblickte Dschuder ein prächtiges Schloß vor sich, und da er über dieses Schloß Genaueres erfahren wollte, rief er einen der Geisterkönige zu sich und verlangte Auskunft. Der Geisterkönig erwiderte: »Dieses Schloß haben vierzig Zauberer errichtet, deshalb ist es so prächtig. Es hat auch etwas mit dir zu tun, Dschuder Ben Omar, denn jene vierzig Zauberer haben in den Zaubersprüchen gelesen, daß ihr Leben durch Dschuder Ben Omar enden soll. In diesem Schloß befindet sich ein wunderschönes Mädchen, welches die vierzig Zauberer widerrechtlich gefangenhalten. Das solltest du befreien, du würdest damit ein gutes Werk vollbringen. Wisse, o Dschuder Ben Omar, die Zauberer sind Magier und Feueranbeter, leugnen Allah!« Nachdem Dschuder diese Auskunft erhalten hatte, besann er sich einen Augenblick, dann fragte er: »Ich will gern tun, was ich tun sollte! Aber sage mir, o Geisterkönig, wenn dies so mächtige Magier und Zauberer sind, wie soll ich das Mädchen befreien und wie diese Zauberer töten?« Da wurde ihm geantwortet: »Ich werde dir ein Zettelchen schreiben, das sollst du dir zwischen den Augen befestigen, dann kannst du ohne Sorge das Schloß betreten, das Tor wirst du offen finden! Wenn du nun ins Schloß kommst, wirst du bemerken, daß der Boden mit Marmor gepflastert ist. Er besteht immer aus einer weißen und einer schwarzen Marmorplatte. Die schwarzen Platten darfst du nicht betreten, sie sind vergiftet, und wenn du auf eine trittst, so wirst du sterben. Laufe also nur auf den weißen Platten, springe von Platte zu Platte, nur so kannst du in den Hof des Schlosses und von diesem ins obere Stockwerk gelangen. Dort wirst du vor dir einen Schrank mit einem Schlüssel erblicken. Wenn du diesen Schrank öffnest, findest du darin ein Schwert, das du an dich nehmen und aus der Scheide ziehen sollst. Nun sieh dich vor! Sobald du das Schwert gezogen hast, werden die Zauberer erscheinen, die vorher abwesend waren, denn ihr Geist ist an das Schwert gebannt, und nur durch dieses Schwert können sie sterben. Töte sie also, auch wenn sie dir noch so große Versprechungen machen sollten. Nachdem du mit ihnen fertig bist, wende dich zu dem Gemach zu deiner Rechten, der Schlüssel steckt in der Tür, dort wirst du das Mädchen erblicken, es ist an den Armen und Beinen gefesselt. Befreie es und komm wieder!« Daraufhin erwiderte Dschuder: »Wie Allah es befiehlt!« und begab sich auf den Weg zum Schloß.

Bald war er an das offene Schloßtor gelangt, trat ein und sprang auf den weißen Marmorplatten weiter, bis er den Hof erreichte, und stieg in das obere Stockwerk, wo er den Schrank erblickte. Alles trug sich so zu, wie es ihm der Geisterkönig beschrieben hatte. Kaum hatte Dschuder das Schwert gezogen, da erschienen jene vierzig Zauberer und beschworen ihn: »Ach, Dschuder Ben Omar, verschone uns, wir werden es dir lohnen!« Doch Dschuder schwieg, packte das Schwert fester und schwang es gegen die vierzig Zauberer, da verbrannten sie im Feuer, das von dem Schwert ausging. Nun war er Herr des Schlosses, und er wandte sich, wie ihm aufgetragen, zum rechten Gemach, ergriff den Schlüssel, und sofort öffnete sich die Tür von selbst. So ging er hinein und erblickte ein schönes Mädchen, das an allen vier Gliedmaßen gefesselt war, und befreite es. Als das Mädchen sich von der Überraschung erholt hatte, sprach es: »Was hat dich zu mir gebracht, in dieses Zauberschloß, du guter Mensch?« Dschuder entgegnete: »Allah hat mich hierhergeführt, weil nur ich es durch Allahs Willen vermochte, dich zu befreien. Und wie bist du hierhergekommen?« Da antwortete das Mädchen: »Ich bin eine Gläubige, und mein Vater ist ein König in China. Jene Zauberer kamen zu meinem Vater und warben um mich, mein Vater aber durchschaute sie und wollte mich nicht fortgeben. Da entführten mich die Zauberer, brachten mich hierher und peinigten mich bereits über drei Jahre, denn ich sollte nach ihrem Willen eine Magierin und

Zauberin werden und ihren Glauben, den Glauben der Feueranbeter, annehmen. Bis jetzt habe ich mich standhaft geweigert, obwohl ich nicht viel Hoffnung auf Rettung hatte!« Da sprach Dschuder: »Nun, wo du frei bist, was wünschst du dir? Soll ich dich zu deinem Vater und deiner Mutter schicken?« Das Mädchen erwiderte: »Wer Gutes tun will, der braucht nicht weiter zu fragen!« Da zog Dschuder die Zaubertafel hervor, und es erschienen die Geisterkönige und erwarteten seine Befehle. Er sprach: »Einer von euch nehme dieses Mädchen, ihre Eltern werden sich in China in ihrem Palast befinden, sie sind traurig und warten auf ihre Tochter, setzt sie zwischen ihren Vater und ihre Mutter!« Die Geisterkönige sprachen: »Wie du es befiehlst, o Dschuder Ben Omar, und es Allahs Wille ist, so soll es geschehen!« Nun nahm einer der Geisterkönige das Mädchen, flog mit ihr davon, und in einem einzigen Augenblick brachte er sie heim, erschien mit ihr im elterlichen Palast, setzte sie zwischen Vater und Mutter, und in einem weiteren Augenblick war er wieder bei Dschuder Ben Omar.

Dschuder Ben Omar sprach weiter zu den Geisterkönigen: »Hört, ich wünsche, daß sich dieses Schloß mit all seinen Schätzen und seiner Ausstattung mitten in Kairo wiederfindet!« Da sprachen jene: »Wie es uns befohlen, so soll es geschehen! Allah sei mit dir!« Und da die Nacht hereinbrach, sprachen sie zu Dschuder Ben Omar: »Lege dich schlafen; wenn du aufwachst und die Augen öffnest, wirst du dich samt dem Schloß mitten in Kairo befinden!« Dschuder speiste noch zu Nacht und legte sich danach, wie ihm die Geisterkönige geraten, zu Bett und schlief, und als er am nächsten Morgen erwachte, befand er sich in Kairo! Nachdem er aufgestanden war und einen Morgenimbiß genommen hatte, wollte er in die Stadt gehen, doch er dachte bei sich: »Es ist besser, wenn ich mein Schloß hier in der Stadt nicht schutzlos lasse!« Und so befahl er die Geisterkönige abermals zu sich und bat sie um Wächter in Menschengestalt, und bald waren zehn Geister zur Stelle, die in Menschengestalt die Bewachung übernahmen. Dschuder verließ nun das Schloß, und sein erster Weg galt seiner Mutter. Als er in die Richtung seines Vaterhauses lief und aufmerksam das Treiben auf den Straßen beobachtete, erblickte er vor sich eine bettelnde Alte, die ihm bekannt vorkam. Neugierig trat er näher und sprach zu ihr: »Was tust du hier, Alte?« Sie wandte sich um, schaute ihn an und entgegnete: »Was soll ich schon tun, mein Söhnchen, ich bettle!« Da fragte er: »Warum tust du das? Hast du denn niemand, der für dich sorgt?« Die Alte erwiderte: »Nein! Der gute Sohn, den ich hatte, der immer, solange er da war, für mich sorgte, ist nun schon lange weit fort! Ich habe nichts von ihm gehört! Die beiden anderen aber, es ist bitter und traurig, davon zu sprechen, sind Nichtsnutze und Taugenichtse, Tagediebe, die sich um mich nicht kümmern, denen mein Schicksal gleichgültig ist!« Da sah er sie an und sprach: »Kennst du mich nicht?« Sie entgegnete: »O nein, prächtiger Herr, ich kenne dich nicht!« Da sprach Dschuder Ben Omar: »Ich bin es doch, Mütterchen, dein Sohn Dschuder!« Jetzt erkannte ihn seine Mutter, umarmte ihn, küßte ihn, brach in Tränen aus und küßte ihn wieder.

Und immer wieder, zwischen Tränen, Freude und Küssen, rief sie: »Ach, mein Söhnchen, ach, mein Dschuder! Ich wußte, eines Tages wirst du wiederkommen!« Er aber sprach: »Mütterchen, wie konnte nur solches Elend über dich kommen? Mit jenem Zaubersack, den ich dir gab, hättest du doch dein ganzes Leben lang gut auskommen können!« Seine Mutter antwortete: »Ach, Dschuder! Wäre ich nur vorsichtiger gewesen, wie du es mir geraten hattest! Den Zaubersack haben mir deine beiden Brüder mit Gewalt entwendet, und seit er in ihrem Besitz ist, habe ich sie nicht wiedergesehen!«

Nun nahm Dschuder seine Mutter erst einmal mit in sein Schloß, ließ sie ihre schmutzigen und zerrissenen Kleider ablegen, führte sie ins Bad und gab ihr neue Kleider. Dann rief er den Geisterkönig herbei und sprach zu ihm: »Ich wünsche, daß meine beiden Brüder sofort vor mir erscheinen!« Der Geisterkönig machte sich auf den Weg und fand die beiden in einer Schenke. Sie hatten dort eine große Mahlzeit ausgerichtet, und alle Welt, vor allem alle Tagediebe und Nichtsnutze, schmauste mit an dieser Tafel. Der Geisterkönig trat an sie heran, hob die beiden mitsamt dem Zaubersack empor und flog mit ihnen gen Himmel. Dann stellte er sie vor ihren Bruder.

Mit strengem Gesicht wandte sich Dschuder ihnen zu und sprach: »Warum laßt ihr eure Mutter vor Hunger umkommen? Warum muß sie betteln, während ihr in Saus und Braus lebt? Selbst wenn ihr den Zaubersack, der nicht für euch, sondern für meine Mutter bestimmt war, nicht hättet, müßtet ihr für sie sorgen! Ihr hättet auf einem Bau als Handlanger arbeiten können, um euch und ihr zu essen zu beschaffen!« Der Geisterkönig wandte sich an Dschuder: »Was befiehlst du, Herr, was soll mit diesen beiden geschehen?« Doch Dschuders Zorn war schon verflogen, und er wollte nicht Gleiches mit Gleichem vergelten. So antwortete er: »Sie sind meine Brüder, was soll ich ihnen antun?« Da blickte seine Mutter zu ihm auf und sprach: »Dschuder, sie sind nicht nur deine Brüder, es sind auch meine Söhne! Nimm mich, denn ich könnte als einzige Klage gegen sie führen, als Fürsprecherin an!« Dschuder sprach: »Gut, Mutter, wenn du es wünschst! So bring ihnen neue Kleider, o Geisterkönig! Und ich mache euch, meine Brüder, zu Wesiren in meinem Schloß, denn ihr sollt teilhaben an meinem Glück!« Und so machte er den einen zum Wesir zu seiner Rechten und den anderen zum Wesir zu seiner Linken. Ferner ließ er zwei Diwane in die Vorhalle des Schlosses stellen und breitete schöne Polster aus. Danach stellte er Wächter auf, fünf auf der rechten und fünf auf der linken Seite, er selbst aber nahm in der Mitte der Vorhalle Platz wie ein Fürst.

Die Menschen, die in Kairo unterwegs waren und an jenem Schloß vorüberkamen, betrachteten es staunend und sprachen zueinander: »Woher ist dieses Schloß gekommen, und wer ist das in der Vorhalle? Es ist ein überaus prächtiges Schloß, und er sieht aus wie ein Sultan.« Die Kunde vom Schloß und dem fremden Sultan gelangte zum Sultan von Kairo. Seine Berater sprachen zu ihm: »Herr, eine solch königliche Pracht haben wir bisher noch nie gesehen!« Da wandte sich der Sultan von Kairo an seinen Wesir und sprach zu ihm: »Geh du hin, sprich aber in aller Besonnenheit mit ihm in meinem Namen und richte aus: ›Unser Herr, der Sultan von Kairo, befiehlt dir, zu ihm zu kommen!‹« Der Wesir gehorchte und begab sich zu Dschuder. Als dieser den Wesir kommen sah, stand er auf, begrüßte ihn freundlich und hieß ihn neben sich Platz nehmen. Dann setzte er ihm Kaffee und Speisen vor. Als man gespeist hatte, sprach der Wesir, wie man ihm aufgetragen hatte, zu Dschuder. Dschuder Ben Omar sah ihn jedoch an und entgegnete: »Ich werde nicht zum Sultan gehen, zuerst muß der Sultan zu mir, in meinen Palast, kommen!« Nun hatte der Sultan von Kairo seinem Wesir noch im Vertrauen eingeschärft, ja nichts Ungehöriges zu sagen, sondern ihm alles zu melden, wie jener Fremde sich verhalten und was er gesagt hatte. Und so verabschiedete sich der Wesir von Dschuder, kehrte mit dessen Antwort in den Palast des Sultans zurück und sprach zu seinem Herrn: »Mein Herr, jener Fremde hat ein königliches Wesen. Entweder er ist ein großer Zauberer, oder er besitzt eine

Zaubertafel oder einen Zauberring!« Da erwiderte der Sultan: »Nun, wenn es so ist, wollen wir zusammen zu ihm gehen und dabei die nötige Vorsicht walten lassen.«

So begaben sich der Sultan von Kairo und sein Wesir zu Dschuder Ben Omar und nahmen noch vier oder fünf Wesire zur Begleitung mit. Man gelangte zum Schloß von Dschuder Ben Omar. Dieser hieß sie willkommen und bewirtete sie mit Speisen und Kaffee. Dann wandte sich der Sultan an Dschuder Ben Omar und sprach: »Sag, was bedeutet das? Ich schicke nach dir, weil ich dich kennenlernen und willkommen heißen will, und du kommst nicht zu mir?« Dschuder erwiderte: »Verzeih mir! Ich war unwohl und noch müde von einer anstrengenden Reise!« Da sagte der Sultan: »Sage nichts, was eine Mißstimmung erzeugen könnte, und ich will es auch nicht tun. Es ist keine Zeit und kein Anlaß für gegenseitige Vorwürfe und Entschuldigungen. Laß es uns so halten: Du bist mein Sohn, und ich bin dein Vater! Ich gebe dir meine Tochter zur Frau, und du wirst Wesir zu meiner Rechten, und wenn ich sterbe und die Augen geschlossen habe, dann sei du Sultan von Kairo!« Und Dschuder entgegnete: »Wie Allah es befiehlt!« Hierauf legten beide ihre Hände auf die erste Sure des Korans und lasen diese. Dann sagte Dschuder: »Ich wünsche, noch heute nacht Bräutigam deiner Tochter zu sein, denn auch die Sultane haben in letzter Zeit Betrügereien begangen!« Da erwiderte der Sultan: »Ich gebe dir mein heiliges Versprechen, daß ich dich nicht betrügen will. Es soll alles nach deinem Wunsch geschehen!« So feierte denn Dschuder noch an diesem Tage Hochzeit und verlebte seine Brautnacht. Er begab sich zur Braut, sie hieß ihn willkommen und er sie, und er blieb bei ihr sieben Tage!

Einst zog er seine Zaubertafel hervor und sprach: »Meine Frau, diese Tafel verwahre sicher, und sage niemandem etwas von ihr! Kümmere dich bitte um meine Mutter, sie ist eine alte Frau, suche ihr Herz zu gewinnen!«

Seine Brüder waren in der Zwischenzeit immer neidischer geworden und sprachen niederträchtig zueinander: »Unser Bruder Dschuder ist hoch angesehen in seiner Stellung, und sein Wort hat größere Macht als das unsere! Laß uns ihn töten!« Doch der jüngere Bruder wollte von einem Mord nichts wissen und sagte deshalb: »Nein, töten wollen wir ihn nicht, aber wir sollten ihn mit Gewalt in ein anderes Land schaffen!« Mit dieser falschen Absicht im Herzen gingen sie zu Dschuder und sprachen zu ihm: »Lieber Bruder Dschuder, wir wollen heute gemeinsam zu Mittag essen! Sei bitte unser Gast!« Dschuder folgte der Einladung, man brachte das Mittagessen, und er wurde mittels eines Schlaftrunks betäubt! Nun steckten sie ihn in eine Kiste, begaben sich zu einem Schiffskapitän und fragten ihn: »He, hast du Lust, uns einen Sklaven abzukaufen?« Der Kapitän war einverstanden und kaufte ihnen Dschuder ab. Die falschen Brüder sagten zum Abschied zu jenem Kapitän: »Wecke ihn hier nicht aus seinem Schlaf auf, sondern erst bei deiner Ankunft in einer anderen Stadt!« Als nun der Kapitän in einer anderen Stadt angekommen war, öffnete er die Kiste, in der sich Dschuder befand! Da mußte Dschuder niesen, erwachte und wandte sich erstaunt an den Kapitän: »In wessen Gegenwart befinde ich mich?« Der Kapitän schaute ihn überrascht an und sprach: »Du bist bei mir, dem Kapitän!« Dschuder fragte: »Sag, wie bin ich hierher und in deine Gewalt gekommen?« Da erwiderte der Kapitän: »Zwei Männer brachten dich in dieser Kiste, sie verkauften dich an mich, und ich habe dich ehrlich erworben!« Nun schwieg Dschuder; er sagte nichts mehr und schickte sich in Allahs Willen. Der Kapitän fuhr fort: »Wohlan, es ist so, wie ich es dir gesagt habe, ich habe dich ordnungsgemäß gekauft! Arbeite nun mit den übrigen

Matrosen. In drei Jahren werden wir über deine Freilassung sprechen!« Dann gab er Dschuder einen Anzug für den Seedienst, eine Lederjacke und eine Lederhose. So blieb Dschuder drei Jahre im Dienst jenes Kapitäns.

Als die drei Jahre um waren, sprach Dschuder zum Kapitän: »Ich erbitte mir nun eine Wohltat von dir: Laß mich frei, damit ich nach Mekka pilgern kann!« Der Kapitän erwiderte: »Ich will dir die Pilgerfahrt nicht verwehren; geh hin und pilgere!« Er gab Dschuder etwas Geld sowie einen Freibrief und sprach: »Jetzt bist du ein freier Mann, wohlan, Allah sei mit dir!« Da ritt Dschuder von Dschidda nach Mekka. Als er in Mekka angekommen war, die heilige Kaaba besucht hatte und nun umherwanderte, sah er plötzlich jenen Marokkaner, der durch seine Hilfe den Schatz geborgen hatte. Auch jener erkannte Dschuder und sprach: »Kennst du mich nicht?« Da Dschuder noch zweifelte, fragte er: »Wer bist du?« Der Marokkaner sprach: »Ich bin jener, dem du beistandest und der dir auch Gutes erwiesen hat! Was aber ist mit dir geschehen? Wie kommst du hierher?« Nun erzählte ihm Dschuder, wie es ihm ergangen war: »Meine Geschichte war zuletzt folgende: Ich schlug meine Augen auf, da befand ich mich auf einem Schiff, in einem fremden Hafen. Meine Brüder hatten an mir treulos gehandelt und mich in die Sklaverei verkauft!« Hier unterbrach ihn der Marokkaner: »Du hattest aber doch die Zaubertafel!« Dschuder erwiderte jedoch: »Die Zaubertafel hatte ich bei meiner Gemahlin gelassen, hätte ich sie bei mir gehabt, so würden meine Brüder sie mir entwendet haben!« Da zog der Marokkaner einen Ring hervor und sprach: »Dieser Ring hier ist noch besser als jene Zaubertafel, denn auf ihm steht der Name eines gewaltigen Geisterkönigs, er ist besser als irgend etwas anderes seiner Art. Nimm ihn und werde fortan glücklich!« Dann übergab er Dschuder den Ring und verabschiedete sich.

Dschuder Ben Omar beendete die Pilgerfahrt in der gehörigen Weise und drehte dann den Ring am Finger um, und sofort erschien ein gewaltiger Geisterkönig, der zu Dschuder Ben Omar sprach: »Verlange, mein Herr, was du begehrst!« Dschuder entgegnete: »Ich wünsche, jetzt mitten in meinem Schloß in Kairo zu sein!« Da nahm ihn der Geisterkönig mit sich, und als Dschuder seine Augen aufschlug, befand er sich bereits neben seiner Frau in seinem Schloß in Kairo. Sie sprang hocherfreut auf und begrüßte ihn herzlich. Auch die Dienerinnen erhoben sich erfreut und riefen: »Herrin, gib uns eine Belohnung für die Worte: ›Der Herr ist wieder da!‹« Seine Mutter, die Arme, saß da, weinte und sprach: »Mein Sohn Dschuder, du bist lange von mir fortgewesen! Warum gabst du uns keine Nachricht?« Da entgegnete Dschuder: »Frage nicht weiter nach dem, was vorüber ist!« Jene Nacht, die erste nach den drei langen Jahren, verbrachte er wieder an der Seite seiner Gemahlin. Am folgenden Morgen aber begab er sich zum Sultan, und dieser wies ihm sofort wieder den Platz zu seiner Rechten an. Der Sultan hatte zwar die beiden Brüder des Dschuder gefragt, wo dieser sei, die aber hatten erwidert: »Wir wissen nicht, wohin er gereist ist!«

Dschuder war nun längere Zeit erster Wesir des Sultans zu Kairo, doch dann erkrankte dieser sehr schwer. Als nun der Sultan merkte, daß er sterben müsse, ließ er alle Wesire, Kadis und Muftis kommen und sprach zu ihnen: »Dieser hier, mein erster Wesir, Dschuder Ben Omar, soll, wenn ich sterbe, mein Nachfolger sein und statt meiner regieren!« Bald darauf starb der Sultan, und Dschuder übernahm die Regierung. Seine beiden Brüder, obwohl sie ihn immer nur hintergangen hatten, ernannte er zu seinen Wesiren, einen zu seiner Rechten, den anderen zu seiner Linken.

Doch die Brüder hatten sich nicht geändert. Einst trafen

sie sich, schauten einander an und sprachen: »Erst war er Wesir, jetzt ist er gar Sultan geworden, nun müssen wir ihn töten, um selbst Sultane zu werden!« Der eine Bruder sprach: »Weißt du auch, wodurch er wiedergekommen und Sultan geworden ist? Der Zauber liegt in dem Ring an seinem Finger. Wir wollen ihn einladen, bei uns zu speisen, dann vergiften wir seine Speise!« Der andere Bruder stimmte diesem niederträchtigen Plan zu, und so luden sie Dschuder Ben Omar, ihren Bruder und Sultan der Stadt Kairo, zu sich zum Essen. Doch Dschuder lehnte mit den Worten ab: »Nein, ich kann nicht kommen!« Denn er hatte Angst noch vom letzten Mal her, wenn er ihnen auch verziehen hatte, weil er nicht nachtragend war. Doch die Brüder sprachen: »Allah sei unser Zeuge, wir werden dir kein Leid antun!« Doch Dschuder blieb bei seiner Ablehnung. Da sprachen sie: »Bei der Milch, die wir an der Brust unserer Mutter getrunken haben, wir werden dir kein Leid antun und dir nichts anhaben!« Da glaubte Dschuder ihnen und folgte ihrer Einladung zum Essen mit den Worten: »Wie es Allah will!«

Die Brüder hießen Dschuder zum Essen willkommen und bewirteten ihn, doch kaum hatte er den ersten Bissen gegessen, da fiel er lautlos um! Als er tot war, sprang sofort sein älterer Bruder auf, zog ihm den Ring vom Finger, steckte ihn sich selbst an und drehte ihn um. Sogleich erschien ihm der Geisterkönig und sprach: »Verlange, Herr, was du begehrst!« Der ältere Bruder begehrte: »Töte diesen meinen jüngeren Bruder auf der Stelle!« Und wie er befohlen hatte, so geschah es. Nun befahl er seinen Dienern, daß sie den Leichnam Dschuder Ben Omars wegschaffen sollten und den seines zweiten Bruders begraben. Die Geister nahmen Dschuders Leichnam und brachten ihn zu seiner Frau. Diese begann, als sie den toten Dschuder erblickte, zu jammern und zu wehklagen, ebenso seine Mutter. Beide aber begruben ihn in Ehren. Danach wandte sich die Frau Dschuders an seine Mutter und sprach: »Habe du keine Sorge, und gräme dich nicht! Du bist auch meine Mutter, und ich bin deine Tochter! Du wirst bei mir nicht in Dürftigkeit und Armut geraten, denn ich will dich für immer bei mir behalten!«

Jetzt möge sich die Erzählung wieder zu Dschuders älterem Bruder wenden, der Dschuder und auch den jüngeren Bruder getötet hatte. Jener ließ sich auf dem Thron des Sultans nieder, drehte wiederum am Ring, und wieder erschien der Geisterkönig und fragte nach seinen Wünschen. Er sprach: »Ich wünsche zehn Leute rechts und zehn links von meinem Thron mit gezücktem Schwert!« Die zwanzig bewaffneten Männer erschienen sogleich. Der neue Sultan erteilte ihnen den Befehl, jedem, der nicht auf seine Befehle hören wolle, sofort den Kopf abzuschlagen. Dann ließ er die Wesire, Kadis und Muftis sowie alle einflußreichen Bürger vor seinen Thron bringen. Keiner wagte, sich zu widersetzen, und so folgten alle seinem Ruf. Keiner widersprach, als dieser Bösewicht sie fragte: »Wollt ihr mich als Sultan haben?«, denn sie hatten große Furcht, als sie die zwanzig Bewaffneten mit den gezückten Schwertern sahen. Kaum regierte der neue Sultan eine einzige Woche die Stadt, so waren alle Menschen seiner Bosheiten überdrüssig, denn er herrschte mit Willkür und vergewaltigte Mädchen und Frauen.

Eines Tages berief er den Kadi zu sich und sprach zu ihm: »Höre, ich wünsche, daß du für mich bei der Gemahlin meines Bruders Dschuder wirbst, ich will sie zur Frau haben!« Der Kadi nahm den Auftrag mit den Worten: »Allahs Wille geschehe!« an und begab sich zur Gemahlin Dschuders. Er klopfte an die verschlossene Tür, und mißtrauisch fragte der Türhüter: »Wer ist da?« Der Kadi antwortete: »Sag deiner Herrin, der Kadi sei mit einer wichtigen Botschaft gekommen. Beeile dich!« Auch die Gemahlin Dschuders hatte diese Worte gehört, und sie befahl dem Türhüter, dem Kadi zu öffnen, sie selbst aber verbarg sich in den oberen Gemächern auf der einen Seite des Saales, damit er sie nicht sehen konnte. Der Kadi stieg in die oberen Gemächer, und nachdem er Platz genommen hatte, begann er: »Meine Tochter, was sagst du dazu? Denke, heute hat mich der neue Sultan, der weder Gott noch die Menschen achtet, zu dir mit einem Heiratsantrag gesandt!« Dschuders Gemahlin sann eine Weile nach, bevor sie antwortete: »Wie ist seine Regierungsweise?« Der Kadi entgegnete: »Was soll ich dir über seine Regierungsweise berichten? Sie gefällt weder Allah noch den Menschen! Die Stadt hat er mit seinen Bosheiten zugrunde gerichtet!« Nach einer Weile sprach sie zum Kadi: »Nun, ich werde ihn nehmen, ja, ich werde ihn heiraten! Du gehst sofort zu ihm und übermittelst ihm diese Worte: ›Dein Bruder ist nicht gestorben, denn du bist ihm gleich!‹« Danach wandte sie sich nochmals an den Kadi und sagte: »Die folgenden Worte bleiben unter uns!« Der Kadi fiel ihr ins Wort: »Du willst es also wagen?« Sie entgegnete: »Ich werde es wagen! Nicht eine einzige Nacht werde ich mit ihm durchleben müssen, denn ich will sie ihn nicht überleben lassen!« Da begab sich der Kadi froh zum neuen Sultan, um Bericht zu erstatten. Nachdem er nun dem neugierigen Sultan gesagt hatte: »Deine Angelegenheit ist in Ordnung«, erteilte der Sultan den Befehl, ihr mitzuteilen: »Heute nacht noch soll die Hochzeit sein!« Dschuders Gemahlin erwiderte: »Allahs Wille geschehe!« Dann badete sie, salbte sich mit Wohlgerüchen, färbte sich mit Henna und legte kostbare Kleider an, damit der Sultan sich an ihr erfreue. Danach ließ sie ihm melden: »Komm in meinen Palast, denn ich bin bereit, dich zu empfangen!« Sofort brach der lüsterne Sultan auf und kam zu ihr. Sie empfing ihn überaus freundlich, war prächtig gekleidet und sprach: »Segen hat uns aufgesucht, o Herr! Nimm Platz!« Danach setzte sie ihm Kaffee vor sowie Speisen und sprach: »Nun laß uns essen!« Da nahm der Sultan den ersten Bissen, doch dieser war vergiftet, und lautlos sank er um!

Dschuders Gemahlin stürzte zu dem Toten, zog ihm den Ring vom Finger und nahm ihn an sich. Den Wesiren aber befahl sie: »Nehmt jenen Toten, jenes Ungeheuer, und werft ihn irgendwohin!« Dann rief sie alle Bürger der Stadt zu sich, und sobald diese versammelt waren, sprach sie: »Derjenige, der über euch in nichtswürdiger Weise regierte, ist tot!« Alle freuten sich und sprachen: »Du sollst Sultanin werden, an Stelle deines Vaters und deines Gemahls sollst du regieren!« Doch Dschuders Gemahlin und Witwe entgegnete: »Die Religion gestattet es nicht, daß eine Frau über Männer regiert! Sucht den Besten unter euch und macht ihn zum Sultan!« Da setzten die Bürger einen neuen Sultan ein, wie sie ihn sich wünschten, und sie trafen eine gute Wahl. Für Dschuders Witwe aber wurde festgelegt, daß sie bis zu ihrem Tode ein bestimmtes Jahresgehalt erhalten solle. Dann lobte und pries man sie und sprach: »Allah segne dich! Die ganze Stadt ist dein Eigentum!«

Prinz Ali

Es war einmal ein Sultan, der hatte nur einen einzigen Sohn mit Namen Ali. Nach dessen Geburt übergab ihn der Sultan seiner Amme und brachte beide in einem kuppelförmigen Glasbau unter, damit der Knabe keine anderen Menschen zu sehen bekäme und allein mit der Amme aufwüchse. Sobald der Knabe richtig essen konnte, gab ihm die Amme, wie ihr aufgetragen war, von allem das Beste zu essen, die besten Brote und die saftigsten Fleischstücke. Doch das Fleisch war immer ohne Knochen und das Brot immer ohne Rinde.

Eines Tages aber vergaß sie, dem Knaben gesonderte Speisen zuzubereiten, und brachte ihm, ich weiß nicht, warum sie es vergaß, das Fleisch mit den Knochen und das Brot mit der Rinde. Der Knabe war nicht wenig verwundert, schaute erst auf die Speisen, dann auf die Amme und fragte: »Was ist das?« Zuerst erschrak die Amme, doch sie faßte sich schnell und erwiderte: »Nun, das ist Brot und Fleisch! Schau, das Brot ist nur nahrhaft mit der Rinde und das Fleisch nur kräftig mit den Knochen, denn ohne sie ist der größte Leckerbissen verloren, wenn man nicht das Mark aus den Knochen schlürft!« Mit dieser Antwort gab sich der Knabe zufrieden und begann zu essen. Ein wenig ungeschickt, da es ihm niemand gezeigt hatte, versuchte er nach dem Essen, das Knochenmark herauszuklopfen, weil er doch zu gern diese große Köstlichkeit probieren wollte. Und während er so klopfte, schlug er aus Versehen an die Glaskuppel und zerbrach dabei eine der vielen Glasscheiben. Völlig überrascht und verwirrt schaute er auf eine große Straße hinunter, sah Leute hin und her gehen, erblickte in der Nähe einen großen Basar und hörte die aufgeregten und schrillen Stimmen der Ausrufer. Eilig rief er die Amme herbei und bestürmte sie mit Fragen: »Was sind das dort unten für Wesen? Was machen sie?« Ein wenig hilflos entgegnete die Amme: »Das sind Menschen wie wir, o Prinz!« Da stutzte der Knabe und sann ein Weilchen nach. Dann sprach er: »Ich dachte, ich wäre ganz allein auf der Welt, und außer mir und dir gäbe es keine Menschen!« Lächelnd wies ihn die Amme zurecht: »O nein, es gibt noch sehr viel mehr Menschen als die, die du dort unten gesehen hast!« Verwirrt und erschöpft bat er sie, ihn allein zu lassen, damit er ungestört über das Gehörte nachdenken könne.

Als ihm die Amme am folgenden Tag sein Mittagessen brachte, wollte er nicht essen, und auch das Abendbrot nahm er nicht. Da begab sich die Amme zur Mutter des jungen Prinzen und berichtete, was ihr und dem Knaben im Glaskuppelbau passiert sei.

Da ging seine Mutter zu ihm, denn sie wollte ihn beruhigen und trösten. Deshalb sprach sie: »Mein Sohn, was ist mit dir? Bist du krank? Du ißt nichts – wohin soll das führen? Ist dir etwas Schlimmes zugestoßen, oder fehlt dir irgend etwas? Soll ich die Ärzte rufen lassen?« Doch der junge Prinz sprach: »Nein, die Ärzte will ich nicht! Aber ich möchte mit meinem Vater sprechen! Bitte, geh und rufe ihn!« Und seine Mutter erfüllte ihm seine Bitte.

Schon bald kam der Vater zu ihm und sprach: »Wenn du krank bist, so sage es bitte, ich lasse sofort die Ärzte holen. Sie können dir sicher helfen!« Aber der Knabe wollte keine Ärzte, sondern von seinem Vater einige Fragen beantwortet haben. Zuerst fragte er: »Vater, sage mir bitte, ob ich ein Mann oder eine Frau bin!« Der Sultan schaute verdutzt auf Ali, dann antwortete er: »Was soll das?

Was soll deine Rede? Ich weiß nicht, worauf ich antworten sollte!« Doch der Knabe ließ nicht locker. Er entgegnete: »Sieh, die Menschen dort unten gehen auf der Straße hin und her, wie es ihnen beliebt, nur ich muß hier allein und eingesperrt sitzen! Warum ist das so?« Sein Vater faßte sich schnell wieder und sprach: »Höre, mein Sohn, ich habe Angst, daß dir irgend jemand etwas antun könnte, ich möchte dich beschützen und hüten wie meinen Augapfel! Und, wer weiß, vielleicht würdest auch du irgend jemand ein Leid antun! Glaube mir, so ist es am besten!« Doch das war keine Antwort, die den kleinen Prinzen zufriedenstellte: »Höre, ich will spazierengehen können wie all die anderen Menschen, ich will mit Altersgenossen durch die Straßen gehen, spielen und singen! Ich will nicht länger mehr hier eingesperrt sein!« Da erkannte der Vater, daß er mit aller Überredungskunst nichts würde ausrichten können, und erlaubte daher seinem Sohn, auf die Straße zu gehen und seine Altersgenossen zu suchen.

Friedlich und freundlich kehrte der junge Prinz sowohl nach dem ersten als auch nach dem zweiten Mal in seinen Kuppelbau zurück, in dem er so lange Jahre schon gelebt hatte. Beim dritten Mal jedoch führte ihn das Schicksal zu einem Pferdestall. Er betrat, neugierig auf die ihm noch sehr fremde und geheimnisvolle Welt, den Stall. Die Reitknechte spürten, als er eintrat, daß ein besonderer Mensch ihren Stall betreten hatte, sie hießen ihn willkommen und küßten dem Knaben die Hand. Da befahl er ihnen: »Bringt mir jenes Pferd dort, es gefällt mir, sattelt es!« Dann stieg er auf das Pferd und ritt in der Stadt spazieren. Ein erfahrener Reitknecht begleitete ihn am ersten und am zweiten Tag. Doch als er am dritten Tag wieder in den Stall kam, befahl er: »Niemand soll mich heute begleiten! Ich will allein ausreiten!« Und so ritt der Prinz nun schon zwei Tage allein in der Stadt umher. Doch da er nicht richtig reiten konnte, sondern eigentlich nur auf dem Pferd saß, stieß er ständig Leute an, rempelte sie zu Boden, rief nicht »Achtung!«, brach einem Mann den Arm, kurz, stiftete Wirrwarr und Schrecken. Doch als er eine alte Frau umritt, da war die ganze Stadt zornig auf ihn und seiner überdrüssig. Man sprach in den Straßen, auf den Basaren und in den Häusern zueinander: »Er ist rücksichtslos, unser Prinz, ruft nicht ›Achtung‹, ehrt nicht seine Mitmenschen, sorgt sich um niemanden, schädigt die Bürger!«

Überall machte sich diese Unzufriedenheit Luft. So saßen eines Tages auch eine größere Anzahl Leute auf dem Basar beisammen und empörten sich über den jungen Prinzen, zeterten und schimpften. Mit einem Mal trat jene alte Frau auf die Gruppe zu, die der junge Prinz einige Tage vorher umgeritten hatte, und fuhr sie an: »Hütet eure losen Zungen! Was redet und faselt ihr über den jungen Prinzen? Wenn ihr nicht bald aufhört mit eurem Geschwätz, dann werde ich zu seinem Vater gehen und euch verklagen! Ich bin sicher, daß er euch kurzerhand den Kopf abschlagen läßt!« Die Leute waren über diese Worte sowohl sehr erstaunt als auch verängstigt, sie begriffen gar nichts mehr! Aber, wie es so ist, erst zerreißen sich die Leute die Mäuler, und dann will niemand etwas gesagt haben. Denn alle, die eben noch so kräftig geschimpft und geflucht hatten, versicherten der Alten eilig, daß sie überhaupt nicht über den jungen Prinzen geredet hätten! Doch sie sagte nur: »Was ich gehört habe, habe ich gehört! Doch nun hört zu: Wenn ihr mit mir handelseinig werdet, dann werde ich es zuwege bringen, daß er die Stadt verläßt!« Das zu hören war den Leuten natürlich angenehm, und sie verhandelten, feilschten und einigten sich schließlich mit der Alten, daß sie ihr zehntausend Piaster zahlen würden, wenn sie das schaffen würde. Doch solche Geschäfte wollte die Alte nicht machen und sagte nur: »Geht, bringt mir schnellstens mein Geld! Ich werde schon meinen Teil unserer Abmachung einhalten!« Da zahlten ihr die Bürger der Stadt die zehntausend Piaster, übergaben sie ihr, und die Alte brachte das Geld zu sich nach Hause und verschloß es in einem Kasten! Zu den Leuten aber sagte sie: »He ihr, seid guten Mutes! Ihr wißt doch: Ich werde bewirken, daß der Prinz die Stadt verläßt!«

Am nächsten Morgen stand die Alte sehr frühzeitig auf, ging durch die Straßen und hockte sich mitten auf den Weg, den der Prinz jeden Morgen entlangzureiten pflegte. Dort blieb sie hocken. Der Prinz aber begann diesmal schon von weitem zu rufen und ihr Zeichen zu geben, daß sie aus dem Weg gehen solle. »Achtung, alte Mutter! Achtung, altes Weib! Aus dem Weg!« rief er immer wieder. Doch sie blieb, wo sie war, mitten im Weg, und tat, als hörte sie ihn nicht. Doch da der Prinz noch immer schlecht reiten konnte und meinte, mit dem Rufen habe er seine Pflicht getan, stieß er sie mit dem Pferd um. Nun sprach die Alte: »Was für ein Ungestüm ist in dir, Prinz? Du hast wohl gerade Sineddur heimgeholt, über sieben Meere, auf Geierrücken?« Da, kaum hatte sie diese Worte gesprochen, wandte sich der Prinz um und wurde sehr nachdenklich. Er kehrte in seine Wohnung, die Glaskuppel, zurück und legte sich zu Bett, um nachzudenken. Man brachte ihm das Mittagessen, doch er aß es nicht; man brachte ihm das Abendbrot, doch auch das aß er nicht! Nun begab sich seine Amme, die noch immer seine Dienerin war, die einzige, die sich im Palast seines Vaters bei ihm aufhielt, zu ihrer Herrin, seiner Mutter, und sprach: »Herrin, der junge Prinz hat nun schon drei Tage lang keine Speisen zu sich genommen! Ich weiß nicht, was ihm fehlt, aber vielleicht könnt Ihr ihm helfen oder wenigstens mit ihm sprechen!« Seine Mutter ging sofort zu ihm und fragte: »Nun, mein Sohn Ali, ich glaube kaum, daß dir etwas Schlimmes geschehen ist! Doch sag, fehlt dir auch nichts?« Da entgegnete Ali: »Ach, Mutter, ich möchte, daß alle alten Frauen der Stadt hierher zu mir kommen, denn ich muß sie dringend etwas fragen, wovon ich glaube, daß nur sie es beantworten können!«

Seine Mutter wußte sich keinen anderen Rat und entgegnete: »Wie Allah es befiehlt!«

So wurden alle alten Frauen der Stadt aufgefordert, in den Palast zum jungen Prinzen zu kommen. Diese traten nun, immer drei oder vier auf einmal, vor den jungen Prinzen. Jeder, in der er nicht die gesuchte und ersehnte Alte erkannte, gab er ein Geschenk als Trost für den Schreck, in den Palast bestellt worden zu sein. Schließlich waren alle alten Frauen der Stadt vor dem Prinzen erschienen, und alle waren beschenkt heimgegangen, nur jene alte Frau, die der Prinz suchte, war nicht gekommen. Die Frage nach jener Sineddur aber brannte in seinem Herzen. Da sprach er zu seiner Mutter und den Dienern: »Hört, jene Frau, die ich dringend suche, war nicht hier! Sollten nicht alle alten Frauen kommen?« Man erklärte ihm, daß nur eine einzige fehle, doch diese sei krank und könne nicht zu Fuß den weiten Weg zum Palast zurücklegen. Sie sei wohl deshalb nicht erschienen. Da schöpfte er wieder Hoffnung und wies die Diener an, augenblicklich einen leichten Wagen zu nehmen und die Frau abzuholen und zu ihm zu bringen.

Bald darauf führte man jene Alte in den Palast, sie ließ sich neben dem Prinzen nieder, und beide frühstückten miteinander. Doch kaum hatte die Alte gefrühstückt, da zog der Prinz sein Schwert und rief: »Bei Allah, dem Allmächtigen! Wenn du mir jetzt nicht die Wahrheit sagst und mir nicht erklärst, welche Bedeutung deine Worte haben, die du mir auf der Straße sagtest, schlage ich dir ohne zu zögern den Kopf ab!« Die Alte entgegnete: »Ihr seid sehr ungestüm, Prinz! Doch hört: Es gibt ein fremdes, fernes Land, ein Land der Menschenfresser und Schrecknisse, das ist das Land, in dem Sineddur wohnt! Es liegt hinter sieben Meeren, und diese sind nur auf Geierrücken zu überfliegen! Doch bedenkt, Prinz, jene Sineddur, von der ich sprach, ist eine Geisterprinzessin!« Nachdem er dies erfahren hatte, gab er der Alten ein Geldgeschenk, denn schließlich braucht man Geld, um auf dieser Welt leben zu können, und entließ sie in Frieden nach Hause. Zu seiner Mutter aber sprach er: »Du hast es gehört! Ich muß verreisen!« Die Mutter wehklagte: »Wohin willst du ziehen? Wer dir jene Worte über Sineddur gesagt hat, der hat Böses gegen dich und uns geplant! Du darfst nicht verreisen!«

Doch er beharrte darauf. Nun rief man seinen Vater, damit er mit ihm rede und ihm sein törichtes Unterfangen deutlich mache.

Der Sultan sagte zu seinem Sohn: »Bitte, verreise nicht! Wir haben doch nur dich! Du läßt mich, deinen Vater, ganz allein zurück!« Doch Ali ließ sich nicht davon abbringen. Schließlich, nach langem Zureden, erklärte er sich bereit, wenigstens nicht allein zu reisen, und der Sultan bestimmte den Sohn seines ersten Wesirs, einen Vetter Alis, zu seinem Reisebegleiter.

Kaum hatte der Sultan dem Wesir seinen Entschluß mitgeteilt, als dieser nach Hause eilte, seinen Sohn von dem Beschluß in Kenntnis setzte und ihn ermahnte: »Höre, mein Sohn, du sollst mit dem Prinzen verreisen. Sei immer höflich und zeige keinen Hochmut, sei dem Prinzen ein getreuer Begleiter und Diener, und gebt aufeinander acht, damit ihr nicht blind in alle Gefahren hineinrennt!«

Nun waren beide reisefertig. Sie nahmen Abschied von ihren Eltern, legten die Rüstung an, nahmen den Reisesack mit Essen und Goldstücken, stiegen auf ihre Pferde und ritten davon. Bald nachdem sie die Stadt verlassen hatten, kamen sie in eine offene, weite Gegend, eine endlos scheinende Ebene, und Allah, der Herr der Führung, leitete alles so, wie er es beschlossen und bestimmt hatte.

Nach ungefähr zehn oder zwölf Tagen gelangten sie an einen Scheideweg, und an der Weggabelung befand sich ein Stein mit einer Inschrift, und sie lasen: ›Der du rechts gehst, wirst Gewinn haben; der du links gehst, wirst Verlust erleiden!‹

Unschlüssig standen beide vor der Weggabelung, bis schließlich Prinz Ali das Schweigen brach: »Laß uns erst einmal rasten, wir wollen etwas essen und uns ausruhen.« Nachdem sie gegessen und sich ausgeruht hatten, sprach der Sohn des Wesirs, Muhammed, zu Ali: »Bis hierher sind wir gemeinsam wie Brüder unseres Weges gezogen. Doch ich glaube, es ist jetzt besser für uns, wenn wir uns trennen. Der eine geht nach links, der andere nach rechts!« Ali, der Sohn des Sultans, erwiderte: »Bruder, wir sind doch gut miteinander ausgekommen, wir sind zusammen von zu Hause aufgebrochen, und wir wollen auch gemeinsam zurückkehren. Ich glaube, es ist besser, wenn wir auch weiterhin zusammenbleiben.« Muhammed aber beharrte auf seiner Meinung, und da niemand freiwillig nach links gehen wollte, losten sie die Richtungen aus. Prinz Ali zog das Los für die rechte Seite und Muhammed, der Sohn des Wesirs, das Los für die linke. So trennten sich ihre Wege, der eine ritt nach links, der andere nach rechts. Muhammed ritt zügig in die linke Richtung, und nach zehn oder fünfzehn Tagen kam er in eine angenehm aussehende Stadt. Wie es sich für einen Fremden gehört, stellte er sein Pferd in den Stall und mietete sich ein Zimmer in der Herberge. Schon am ersten Abend fand er heraus, daß die Bewohner der Stadt sehr lustige Gesellen waren; und hatte er auch gute Ratschläge mit auf den Weg bekommen, jetzt vergaß er diese wie auch seine gute Erziehung und lebte nach dem Grundsatz: Nimm nur immer und tu nichts wieder hinzu, dann fällt schließlich auch das Gebirge ein. Bald schon hatte er kein Geld mehr, erst mußte er sein Pferd verkaufen, dann den Sattel, schließlich seine Waffen und zuletzt seine Kleidung. Gerade ein Schurz war ihm noch verblieben.

Fast nackt, ohne eine Schlafstelle sowie ohne Essen war Muhammed unglücklich und allein in einer fremden Stadt, in der er all sein Hab und Gut verpraßt hatte. Manchmal fand er etwas Eßbares, dann freute er sich, dann wieder fand er nichts und war traurig und weinte. Eines Tages kam er bei seinen endlosen Wanderungen durch die Stadt vor die Ladentür eines Ringelbäckers und setzte sich, müde und hungrig, in deren Nähe nieder. Viele Leute sah er zum Bäcker gehen, um etwas zu essen zu kaufen, nur er hatte nichts mehr, womit er seinen Hunger stillen konnte. So saß er vom Mittag bis zum Abend. Dies aber hatte der Bäckermeister beobachtet, und da er ein gutmütiger Mensch war, sprach er Muhammed an: »Was ist mit dir?« Muhammed antwortete: »Ich bin ein Fremder. Ich habe keine Waren, kein Geld, nicht einmal mehr etwas zu verkaufen. Ich sitze hier in der Sonne, denn das Herumlaufen in der Stadt erschöpft mich, hungrig wie ich bin, noch mehr.« Schließlich erkundigte sich der Bäcker, ob er Arbeit annehmen würde. Da sprach Muhammed, der Sohn des Wesirs: »Wer Gutes will, braucht nicht erst zu fragen!« Und so wurde er Gehilfe des Bäckers. Er hatte das Feuer zu unterhalten, den Laden zu fegen und bekam dafür Frühstück und Abendbrot.

Nun möge sich die Erzählung wieder Prinz Ali zuwenden. Er war, wie ihm das Los bestimmt hatte, nach rechts gezogen. Es war eine öde Gegend, durch die er ritt. Nach zehn oder fünfzehn Tagen erblickte er einen sehr großen

Mann, der vor einem toten Kamel saß und an dem rohen Fleisch herumnagte. Prinz Ali stieg vom Pferd, trat auf den Mann zu und sagte ihm dreimal seinen Gruß. Da erst blickte jener auf und knurrte: »Hätte ich deinen Gruß nicht eher gehört, als daß ich dich gesehen habe, so hätten die Berge dort hinten das Knirschen deiner Knochen gehört!« Ali war weder verärgert noch verängstigt, sondern band sein Pferd an einem Baum fest und fragte den großen Mann: »Warum nagst du an diesem rohen und zähen Fleisch herum?« Der Gefragte lachte nur dröhnend und höhnte: »Warum wohl? Natürlich weil ich Hunger und Durst habe!« Prinz Ali bat ihn, ein wenig mit seiner seltsamen Mahlzeit zu warten, nahm seinen Dolch, zog das tote Kamel ab, zündete ein Feuer an, zerlegte und briet das Fleisch und gab es dem Riesen, denn es muß wohl einer gewesen sein, zu essen. Und dem Riesen schmeckte es viel besser, er wurde satt, und Ali schor ihm in der Zwischenzeit mit seinem Schermesser das zottige Haupthaar, schnitt seine Nägel, wusch seine Kleider, denn er hoffte, von dem Riesen auf diese Weise einen guten Ratschlag zu erhalten.

Nach getaner Arbeit, der eine aß, der andere hatte sich als Barbier betätigt, fragte der Riese nun sehr viel freundlicher: »Wohin willst du gehen, Ali?« Der antwortete furchtlos: »Ich will zu Sineddur, über die sieben Meere, auf Geierrücken!« Da sprach der Riese dasselbe, was auch Alis Eltern erklärt hatten: »Wer dir diese Worte gesagt hat, der hat Böses gegen dich beabsichtigt und will dich ins Verderben bringen!« Doch Ali erwiderte, daß er auf Allah vertraue und seinem Schicksal sowieso nicht entgehen könne und daß dies wohl eine Chance sei, sein Glück zu versuchen. Nach kurzem Schweigen sprach der Riese: »Hör zu, ich will dir einen Rat geben. Zieh in jene Richtung weiter, in die du ziehen wolltest! Irgendwann wirst du zu meiner Schwester gelangen, sie ist um eine Nacht älter als ich, folglich auch klüger! Sie wohnt in einem Zelt. Wenn du sie Getreide mahlen siehst, während schwarze Hühner um sie herumlaufen, dann sieh dich vor, geh nicht zu ihr, sondern verbirg dich. Siehst du aber, während sie mahlt, weiße Hühner um sie herumlaufen, dann tritt schnell an sie heran und erfasse ihre rechte Brust, sauge an der Brustwarze und sprich: ›Ich komme als dein Sohn!‹« Zum Abschied gab ihm der Riese, vielleicht war es auch ein Menschenfresser, sieben Haare aus seinem Bart, mit denen Ali in großer Gefahr räuchern solle, damit ihm vielleicht geholfen werden könne.

Nachdem sie sich verabschiedet hatten, reiste Prinz Ali weiter über die Ebene und kam schließlich zur Schwester des Riesen. Zuerst erblickte er das Zelt, dann die Schwester, sah auch, daß sie Korn mahlte und sah, daß weiße Hühner um sie herumliefen. Im stillen dankte er Allah, der ihn zur rechten Zeit hier ankommen ließ, begann sich nun leise heranzuschleichen, stürzte sich schnell auf ihre Brust, hielt sie fest und sog an der Brustwarze. Da blickte die Schwester des Riesen zu ihm herunter und fragte: »Wer bist du? Was willst du?«, und Ali antwortete, wie ihm ihr Bruder geraten hatte: »Ich bin als dein Sohn gekommen!« Nachdem sich die Riesin vergewissert hatte, daß ihr Bruder ihm diese Worte geraten hatte, empfahl sie Ali Allahs Schutz und erkundigte sich nach seinen Wünschen. Sie überlegte eine Weile, nachdem Ali sein Anliegen vorgetragen hatte, und sprach dann: »Viel kann ich nicht tun. Aber hier genau vor dir, wo mein Gebiet endet, da beginnt das Land der sieben Menschenfresser. Es sind gräßliche Unholde, die weder Allah noch die Menschen anerkennen. Wer auch immer ihnen in den Weg kommt, den fressen sie auf. Aber ich will dich schon sicher durch ihr Gebiet bringen. Das ist alles, was ich für dich tun kann.« Nachdem sie dies gesagt hatte, nahm sie Ali samt seinem Pferd mit sich und brachte beide sicher durch das Reich der Menschenfresser. Dankbar verabschiedete sich Prinz Ali von ihr, und beide erflehten füreinander Allahs Segen.

Nach einigen Tagen erblickte Ali eine Stadt. Als er nah herangekommen war, sah er, daß die Mauern der Stadt mit Menschenköpfen besteckt waren.

Wie es sich für einen Fremden gehört, stellte er sein Pferd im Khan ein, mietete sich ein Zimmer und wanderte ein wenig in der fremden Stadt umher. Es waren erstaunlich wenig Menschen in dieser Stadt, und als Prinz Ali einen Einwohner auf sich zukommen sah, fragte er ihn: »Was bedeuten die Köpfe auf der Mauer?« Der Mann entgegnete: »Wenn du mich über den Weg nach den Basaren befragst, dann mußt du dortlang weitergehen!« Sprach's und verschwand in einer Gasse. Prinz Ali interessierten die Köpfe jedoch immer mehr, und so fragte er auch einen Krämer danach. Der Krämer sagte: »Das Brötchen kostet eine Karubbe und die Unze Öl zwei; ansonsten kann ich herrliche Oliven, leckeres Salzeingemachtes und duftende Apfelsinen empfehlen.« Auch dieser Versuch, eine Auskunft zu erhalten, war gescheitert. So schwieg Prinz Ali, um desto besser mit den Augen zu beobachten, denn es schien sicher, daß über die Köpfe nicht gesprochen werden durfte. Er lief durch die kleineren Straßen der Stadt, und nur wenig vor ihm ging ein alter Flickschuster. Da Ali nichts weiter zu tun hatte, nahm er sich vor, dem Alten bis zu dessen Wohnungstür zu folgen. Als sie an der Wohnungstür des Alten angelangt waren, drehte dieser sich um und fragte: »Warum läufst du mir nach?« Prinz Ali erwiderte: »Ich bin fremd in dieser Stadt und habe niemanden hier. Da ich gern mit jemand sprechen wollte, bin ich hinter dir hergegangen!« Da lud ihn der Alte freundlich ein, mit in sein Haus zu kommen, das er mit seiner Frau bewohnte. Nachdem er seine Frau unterrichtet hatte, daß sie einen Gast hätten, sagte er leise zu ihr: »Geh zu den Nachbarn und sieh zu, wo du ein wenig Geld borgen kannst, damit wir unserm Gast ein Abendbrot vorsetzen können!« Doch Ali hatte die Ohren gespitzt und hörte, was gesagt wurde. Er sprach daher: »Höre, Vater, wenn du kein Geld hast, so kann ich dir welches geben!« Bei diesen Worten griff er in seine Taschen und übergab dem Alten einen Beutel mit fünfhundert Goldstücken. Der Greis aber sah Ali kopfschüttelnd an: »Die Gastfreundschaft soll dem Gast Kosten bereiten?« Doch Ali wußte die Bedenken zu zerstreuen. »Das ist doch gleichgültig! Du bist jetzt mein Vater, und ich bin dein Sohn! Du hast kein Geld und mußt dich maßlos abplagen, um nur das Notwendigste zu verdienen. Ich habe Geld, und wenn wir wie Vater und Sohn zueinander sind, ist es auch dein Geld.« Da ließ sich der Greis überzeugen und ging wieder in die Stadt, um für das Abendbrot einzukaufen. Er bereitete für Ali eine Tafel, die mit den herrlichsten Dingen überhäuft war: da gab es Fleisch, Paradiesäpfel, Fleischbrühe und Couscous, gefüllte Pfefferschoten und saftige Apfelsinen, kurz, alles – vom salzigen ersten bis zum süßesten letzten Gericht. Man aß gemeinsam zu Abend, lobte und pries Allah und ruhte in jener Nacht wohl und gesund. Die Zeit verflog, und Ali war schon drei Tage bei jenem alten Flickschuster zu Gast, gab ihm jeden Tag einen Beutel mit fünfhundert Goldstücken und konnte seine Frage dennoch nicht stellen.

In der dritten Nacht aber saßen sie beim Herdfeuer zusammen, und der Greis befragte Prinz Ali nach dem Zweck seiner Reise in diese abgelegene Stadt. Da wagte Ali, ihn nach dem Sinn der Menschenköpfe auf der Stadtmauer zu befragen. Traurig entgegnete ihm der Alte: »Nun hast du bei mir Wasser und Salz genossen, und jetzt, nach dieser unglückseligen Frage, muß ich dich aus dem Haus jagen! Aber deine Wohltaten sind nun einmal schon in meinen Magen hinuntergelangt!« Und zu seiner Frau gewandt, fuhr er fort: »Ich glaube, wir dürfen und müssen ihm die Wahrheit sagen! Denn er gehört bereits so gut wie zur Familie!« Da sprach seine Frau: »Höre denn, ich will es dir erzählen! Also, es beginnt damit, daß der Sultan dieser Stadt eine Tochter hat und daß diese Tochter schön ist. Wer nun kommt und um sie freit, dem stellt der Sultan bis zu sieben sehr schwere Bedingungen, so sagt man jedenfalls. Aber eine Aufgabe hat jeder zu meistern, und alle sind daran gescheitert. Der Sultan läßt nämlich Weizen, Gerste, Bohnen, Kichererbsen und Wicken kräftig vermischen und erklärt jedem: ›Wenn ich morgen früh komme und nicht alles auseinandergelesen finde, lasse ich dir den Kopf abschlagen!‹«

Prinz Ali hatte dieser Erzählung mit wachsendem Abscheu zugehört und beschlossen, diesem Treiben ein Ende zu setzen. Deshalb sagte er: »Morgen begebe ich mich zum Sultan und halte um die Hand seiner Tochter an!« Da begann die Alte zu weinen und zu wehklagen: »Mein Söhnchen, bei Allah, warum willst du freiwillig in den sicheren Tod gehen?« Doch er erwiderte, daß er nur für die Zeit seines Aufenthaltes bei ihnen ihr Sohn sei, daß er wisse, was er zu tun und was er zu lassen habe, und daß sie sich keine Sorgen machen sollten.

Am nächsten Morgen ging Prinz Ali zum Sultan der Stadt. Nur wenige Leute standen in den Hallen und Vorzimmern herum, so daß der Fremde bald vom Sultan entdeckt wurde. Der Wesir, der vermutete, daß er eine Klage vorzubringen habe, forderte ihn auf, sein Anliegen vorzutragen. Da trat Prinz Ali vor und sprach: »Ich grüße dich, o Sultan, ich komme als Werbender und bitte um die Hand deiner Tochter!« Der Wesir, ein ernster und gutmeinender Mann, sprach leise zu Ali: »Mein Sohn, deine Rede war sehr unbedacht! Laß diesen Plan fallen, du tust mir leid, und deine Eltern tun mir leid, denn dieser Wunsch hat bisher jedem, der ihn äußerte, den Tod gebracht! Du bist zu klug, zu schön und zu jung, um schon zu sterben!« Doch Ali wollte von einer Abweisung seines Begehrens nichts wissen. Er sagte: »Fürchte nicht für mich! Mit Allahs Hilfe werde ich nicht sterben! Alle Bedingungen und Aufgaben, die mir gestellt werden, will ich erfüllen!« Da befahl der Sultan dem Wesir, Ali in das Prüfungszimmer zu führen, und ließ Weizen, Gerste, Bohnen, Kichererbsen und Wicken mischen. Nachdem man das Gemisch vor Ali ausgeschüttet hatte, wurde die Tür verschlossen, und Ali war mit seiner Aufgabe allein. Erst jetzt wurde ihm bewußt, wie schwierig diese war. Schon fing er an zu glauben, daß er am Morgen sterben müsse, als ihm zum Glück die Haare des Riesen einfielen und dessen Worte: ›Wenn du einmal in große Gefahr kommst, so räuchere mit einem dieser Haare!‹ Schnell nahm Ali ein Haar, und kaum hatte er es ins Kohlenbecken gelegt, stand der Riese vor ihm und bot ihm seine Hilfe an. Ali sagte: »Du siehst meine Lage. Ich bin verzweifelt! Bis morgen früh soll ich diesen riesigen Haufen gemischten Getreides sortiert haben!« Der Riese beruhigte Ali und forderte ihn auf, ein weiteres Haar ins Kohlenbecken zu legen. Kaum hatte Ali dies getan, als das Zimmer von unendlich vielen Ameisen zu wimmeln begann. Diesen Ameisen befahl der Riese, das Getreidegemisch zu sortieren und einzelne Haufen zu errichten. Nach kaum zwei Stunden war die Arbeit getan. Ali bedankte sich und schlief ruhig den Rest der Nacht. Bei seinem Abschied erinnerte ihn der Riese noch einmal daran, daß er noch Haare hätte, wenn er wieder in Gefahr kommen würde.

Am Morgen, schon bald nachdem die Sonne aufgegangen war, versammelte sich das Gefolge des Sultans vor der Tür. Nachdem der Sultan erschienen war, schloß der Wesir die Tür auf, und alle traten in das Prüfungszimmer. Sie waren fassungslos. Sämtliche Getreidesorten waren fein säuberlich voneinander getrennt, zu Haufen aufgeschüttet! Der Sultan traute seinen Augen kaum und wollte nicht glauben, was er sah. Mißgünstig blickte er auf Ali und sprach dann zum Wesir: »Das kann dieser Fremde unmöglich allein getan haben! Wer hat ihm geholfen?« Doch der Wesir entgegnete: »Mein Herr, viele Menschen hast du um deiner Tochter willen getötet! Sie haben diese schwere Prüfung nicht bestanden. Doch jenem jungen Mann hat Allah Glück geschenkt. Es war sein Wille, daß er die Prüfung bestand. Und nun mußt du als Mann der Ehre zu deinem Wort stehen, wie er zu seinem gestanden hat und alle Bedingungen akzeptierte! Du mußt ihm deine Tochter zur Frau geben!«

»Bei Allah«, sprach da der Sultan, »es geschehe, wie du es gesagt hast!« Und sofort begannen alle mit der Vorbereitung der Hochzeit für Ali und die Tochter des Sultans, und in der Stadt wurde die freudige Nachricht, daß ein fremder junger Mann die schwierige Prüfung siegreich bestanden hat, verbreitet. Die Freude über das Fest und auch darüber, daß niemand mehr wegen der Sultanstochter würde sterben müssen, war groß.

In derselben Nacht noch fand die prächtige Hochzeit statt, von der leider keine Einzelheiten berichtet worden sind, nur, daß alle sehr fröhlich waren und die Hochzeit prächtig, das Brautpaar aber überaus schön war. Und auch die Sultanstochter war sehr froh, als sie Ali sah. Sie hieß ihn und er hieß sie willkommen, und sie erkannte ihn, und er erkannte sie, und beide brachten die ganze Nacht, so wie es Verliebte und Hochzeitsleute tun, miteinander zu.

Doch am nächsten Morgen, nachdem sie miteinander gescherzt und sich aneinander ergötzt hatten, sprach Ali zu seiner Frau: »Höre, ich bin eigentlich eines anderen Zieles wegen von zu Hause ausgezogen. Ich bin in die Welt gezogen, weil ich Sineddur suchte, nicht, weil ich dich heiraten wollte!« Er war recht unzufrieden mit sich. Seine Gemahlin aber hatte großes Verständnis für ihn und sprach: »Das ist doch nichts Schlimmes. Du bist sicher ausgezogen, um einen Auftrag deines Vaters zu erfüllen!« Und Ali fand es richtig, ihr dies zu bestätigen. Da sagte sie: »Gut, gib mir nur dein Wort, daß du wieder zu mir zurückkehrst, wenn du deinen Auftrag erfüllt hast!« Dies versprach Ali ihr, und so fuhr sie fort: »Ich will dir einen guten Rat geben, wie du zu Sineddur kommst. Du hast vielleicht schon gesehen, daß mein Vater große Herden besitzt. Begib dich zu den Kuhherden, sprich mit dem Kuhhirten und suche den schwarzen Stier. Diesen mußt du an das Meeresufer treiben, dort schlachten, das Fell abziehen und aus der gesamten Fleischmenge vierzehn gute Portionsstücke herausschneiden und diese in einiger Entfernung verstecken. Dann mußt du dich selbst sehr gut verbergen, aber bleib in der Nähe, denn es werden große Geier kommen und schreien, wenn sie das Fleisch liegen sehen: ›Den, der dies getan hat, den wollen wir reich machen!‹ Schweig noch, sprich nicht und bleib in deinem Versteck, bis jene ihre Mahlzeit beendet haben und satt sind, denn die Geier werden nach der Mahlzeit rufen: ›Du, der du dies für uns getan hast, Allahs Schutz sei über dir!‹ Dann tritt hervor und antworte ihnen!«

Ali bedankte sich für diesen guten Ratschlag bei seiner Frau und begab sich sofort zu jenen Herden und zum Kuhhirten, nahm den schwarzen Stier, schlachtete ihn, zog ihm das Fell ab, schnitt vierzehn gute Portionen Fleisch heraus, versteckte diese und danach sich selbst. Und wie seine Frau gesagt hatte, kamen bald darauf die Geier, und alles geschah so, wie sie ihm erzählt hatte. Nachdem die Geier gefressen hatten, satt waren, den Schutz Allahs über den edlen Spender ausgerufen hatten, trat Prinz Ali vor und gab sich zu erkennen. Die Geier prüften ihn mit kritischen Blicken, bedankten sich bei ihm und fragten ihn nach seinen Wünschen. Ali antwortete: »Ich möchte zu Sineddur ziehen, über sieben Meere, auf Geierrücken!« Die Geier blickten sich an und fragten einander, ob jemand diese Sineddur sowie ihr Land kenne. Aber keiner wußte etwas davon. Schließlich fiel einem von ihnen ein, daß in der Nähe ein sehr alter, schon ein wenig schwacher Geier lebe, der vielleicht davon Kenntnis habe. Also flogen zwei von ihnen zu jenem alten Geier, um diesen zu Ali zu bringen.

Dies geschah, und Ali fragte den alten Geier: »Kennst du das Land der Sineddur, über sieben Meeren, auf Geierrücken?« Und der alte Geier erwiderte: »Ja, ich kenne es, denn ich habe früher, in meiner Jugend, dort gelebt und in ihren Gärten gehaust und auf ihrem Schloß genistet!«

Nachdem alle diese erfreuliche Auskunft erhalten hatten, schlugen die jüngeren Geier vor, eine Fatiha zu lesen, damit der Alte wieder so jung und stark würde, wie sie es waren.

Als dies geschehen war, wurde Ali aufgefordert, auf den Rücken des alten, nun wieder jungen und kräftigen Geiers zu steigen, damit jener mit Ali in das Land der Sineddur fliege, über sieben Meere! Der alte, junge Geier sprach, bevor Ali sich auf seinen Rücken setzte: »Allah sei unser Geschick befohlen. Doch du, junger Mann, nimm genügend Futter für mich mit auf diesen weiten Weg, denn sonst muß ich dich abwerfen!« Da nahm Ali die versteckten vierzehn Fleischportionen an sich, setzte sich auf den Rücken des Geiers, und schnell wie ein Pfeil stiegen sie in die Lüfte und waren bald über dem ersten Meer. »Gib mir jetzt mein erstes Futter«, forderte der Geier, »sonst werfe ich dich ins Meer.« Und Ali gab ihm das erste Fleischstück. Bald flogen sie über dem zweiten Meer, da gab ihm Ali das zweite, bald über dem dritten, da gab ihm Ali das dritte Stück, über dem siebenten Meer schließlich gab Ali ihm das siebente Fleischstück. Danach setzte ihn der Geier am Ufer des Meeres ab und sprach: »Dort ist der Garten der Sineddur, und dort ist das Schloß! Geh nun und führe aus, was du dir auszuführen vorgenommen hast. Ich werde dich hier wieder erwarten und zurückbringen!«

Ali bedankte sich bei dem Geier und schritt auf das Schloß zu. Doch so nah es auch aussah, eine ganze Strecke mußte er gehen, bis er endlich zum Schloß kam und die große Schloßtür geöffnet fand. Mutig trat Prinz Ali ein, sah sich genau um, konnte keinen Menschen entdecken, suchte und wanderte nun im ganzen Schloß umher. In einem besonders prächtigen Raum fand er endlich ein riesiges Prachtbett mit einem großen schweren goldenen Bettvorhang. Vorsichtig schlug er diesen zurück und blickte in das Prachtbett hinein. Zuerst sah er darin nur etwas Schwarzes. Prinz Ali trat näher heran, schlug die Vorhänge des Bettes ganz auseinander und berührte vorsichtig dieses Schwarze. Da erkannte er, daß es das schwarze Haar eines Mädchens war. Doch das viele Haar war sehr lang, es bedeckte die ganze Gestalt des Mädchens und das Gesicht. Da das Mädchen, er vermutete gleich, daß es Sineddur war, sich nicht rührte, schob er vorsichtig die Haare beiseite, die auf dem Gesicht lagen, und sah, daß ihr Gesicht wie ein geheimnisvolles Licht leuchtete, so groß war die Schönheit der Sineddur. Ali konnte sich nicht halten und rief: »Allah! Lob sei dir über dieses herrliche Weib, dieses schönste Mädchen, das ich je gesehen!« Und Prinz Ali verliebte sich auf der Stelle in sie. Sineddur jedoch rührte sich nicht und schlief weiter. Er blickte sie ständig an, und in ihm erwachte der Wunsch, sie zu besitzen. Aber weil er ein guterzogener und anständiger junger Mann war, hatte er Gewissensbisse, sie einfach so, ohne mit ihr verheiratet zu sein, zu küssen und zu liebkosen. Nach kurzem Bedenken zog er ein Tintenfaß und ein Schreibrohr aus seiner Tasche und schrieb mit eigener Hand einen Ehekontrakt aus. Dann legte er seine Kleider ab und stieg zu Sineddur ins Bett und küßte sie. Er streichelte ihre Wangen, ihren Hals, hob das Haar von ihrem wunderschönen Körper und sah sie nackt vor sich liegen; er streichelte und küßte ihre Brüste und ihren Leib, liebkoste ihren Schoß und vereinigte sich mit ihr. Sineddur aber schlief während all dieser Vorgänge, denn sie hatte die Gewohnheit, drei Monate beständig zu schlafen und drei Monate beständig wach zu sein. Nachdem Prinz Ali nun in Ehren sein Verlangen gestillt und sich satt geküßt hatte, legte er den Ehekontrakt neben ihren Kopf, zog seinen Fingerring ab, steckte ihn Sineddur an, nahm zum Beweis, daß er bei ihr gewesen und ihr beigewohnt hatte, ihren Fingerring an sich und begab sich, zumal Sineddur noch immer schlief, wieder zu dem ihn erwartenden Geier, stieg auf dessen Rücken und begann die Heimreise. Als sie über das erste Meer flogen, sprach der Geier: »Gib mir mein Stück Fleisch, Herr!« Und Ali gab es ihm und hatte ihm, als sie über das sechste Meer flogen, das sechste Stück Fleisch gegeben. Über dem siebenten Meer wollte er ihm das letzte Stück reichen, doch es entglitt ihm und fiel ins Meer. Da jedoch der Geier hungrig war, zog Ali sofort sein Dolchmesser, schnitt sich ein Stück Fleisch aus dem Oberarm, gab es dem Geier, der es begierig fraß. Er sprach zu Ali: »Mein Herr, wie süß schmeckte doch gerade dieses letzte Stück Fleisch!« Schließlich setzte der Geier Prinz Ali an dem Ufer, von dem aus sie losgeflogen waren, wieder ab. Die anderen Geier kamen, begrüßten ihn und erkundigten sich, ob sein Vorhaben gelungen und glücklich ausgegangen sei und ob ihn der Geier gut behandelt habe. Ali konnte ihre Fragen nur bejahen und bestätigte auch, daß ihn der Geier gut behandelt und sicher hin- und zurückgebracht habe. Mit einem Mal bemerkten die Geier Blut an der Kleidung Alis. Da waren sie sehr besorgt und sprachen: »Wenn alles gut gegangen ist, warum bist du dann mit Blut befleckt?« Doch Ali wich ihrer Frage aus und beteuerte nur, daß alles in Ordnung sei. Die Geier fragten jedoch beständig weiter, so daß Ali schließlich sprach: »Ich werde euch die Wahrheit sagen! Es ist nichts weiter geschehen. Über dem siebenten Meer entglitt mir das letzte Stück Fleisch, da habe ich aus meinem Oberarm ein Stück herausgeschnitten und gab es dem alten Geier, und er hat es gefressen!« Erstaunt über soviel Kühnheit sahen die Geier einander an und sprachen zu dem alten Geier: »Du mußt das Stück Menschenfleisch wieder ausspeien, das du gefressen hast!« Da spie jener Geier das Fleisch wieder aus, die anderen legten es auf die Wunde am Oberarm, strichen mit ihrem Speichel darüber und spuckten darauf, bis es wieder angewachsen und gut verheilt war.

Ali bedankte sich und kehrte zu seiner Frau in den Palast zurück. Liebevoll wurde er begrüßt, und auch er freute sich, wieder bei ihr zu sein. Alle Fragen über seine Erlebnisse aber beantwortete er mit dem Satz: »Allah führte die Pläne zu einem glücklichen Ausgang!« Die Nacht verbrachte Ali in den Armen seiner Frau und ging am folgenden Morgen zum Sultan in den Palast, wo er drei Tage blieb. Am dritten Tag sprach er zu seinem Schwiegervater: »Ich habe nun alle meine Aufträge ausgeführt, bin schon sehr lange von zu Hause fort und möchte zu meinen Eltern zurückkehren. Ich hoffe, daß du nichts dagegen hast?« Der Sultan staunte und stutzte zwar, weil Prinz Ali erst so kurz wieder von seinen Abenteuern zurückgekehrt war, antwortete aber: »Natürlich werde ich dich nicht abhalten, in deine Heimat zurückzukehren. Doch eine Frage: Was soll aus deiner Frau werden, willst du sie mitnehmen, oder soll sie hierbleiben, und du kommst bald wieder zurück?« Ali erwiderte: »Natürlich wird sie mich begleiten, das versteht sich doch von selbst!«

Nun begann ein großes Kofferpacken und Beladen der Kamele und Pferde. Ali und seine schöne junge Frau stiegen auf ihre Pferde, empfahlen sich und den Reisezug der Gnade Allahs und reisten ab. Ali war kaum drei Meilen von der Stadt entfernt, als der Sultan es schon bereute, daß er sein Wort gehalten und seine schöne Tochter dem Fremden zur Frau gegeben hatte. Er sprach daher zu seinem Wesir: »Höre, da kommt so ein Landstreicher zu mir, ein Stück von einem Galgenstrick, ein vom Fluß Angeschwemmter; dem muß ich, nur um zu meinem Wort zu stehen, meine eigene Tochter zur Frau geben, ohne zu wissen, ob sein Vater ein Tagelöhner oder ein Stockmeister ist! Dein Rat, zu meinem Wort zu stehen, war nicht so gut, wie er sich anhörte! Wir hätten versuchen sollen, ihn mit Geld oder anderen Dingen loszuwerden! Aber noch kannst du deinen blinden Verstand nutzen. Geh, nimm die besten Truppen und eile jener kleinen Karawane nach: töte Ali und bringe meine Tochter zu mir zurück. Wenn du es gut machst, werde ich dich belohnen!« Bald schon bemerkte die kleine Karawane Alis eine große Staubwolke hinter sich. Seine junge Frau sagte besorgt zu Ali: »Das ist mein Vater! Nimm dich in acht! Er hat sein Wort gebrochen und schäumt vor Wut, daß er mich dir zur Frau gegeben hat; er hat seine besten Truppen ausgesandt, um dich töten und mich wieder zu ihm zurückbringen zu lassen.« Ali beruhigte sie, dann befahl er seinen Dienern, mit seiner Frau vorauszureiten und gut auf sie aufzupassen. Er selbst wartete, während die kleine Karawane in aller Eile verschwand, auf die Truppen seines Schwiegervaters.

Als der Wesir Ali allein erblickte, ließ er die Bewaffneten halten, ritt ein Stück vor und sprach: »Höre, Ali, ich mache dir ein Angebot. Wenn du die Tochter des Sultans freigibst und sie zu ihrem Vater zurückkehren läßt, dann kannst du unbehelligt deiner Wege gehen.« Doch Ali erwiderte: »Ich habe meine Frau mit Fug und Recht auf ehrliche Weise erworben, und sie bleibt bei mir!« Da befahl der Wesir seinen Truppen, Ali anzugreifen. Ali verteidigte sich so ungestüm, obwohl sie ihn umzingelt hatten, daß er bis zum Anbruch der Nacht fünfhundert von ihnen getötet hatte. Die Nacht über ruhten die Feindseligkeiten, und Ali ritt allein zu seiner Frau, die am Fuß des nahen Gebirges auf ihn wartete.

Am folgenden Morgen bestieg er wieder sein Pferd und ritt den Soldaten entgegen. Von weitem rief er dem Wesir zu: »Es ist feige und falsch, daß alle mich, der ich allein bin, auf einmal angreifen! Tretet, wenn ihr Mut habt, einzeln gegen mich an. Denn es gibt doch wohl auch bei euch die Regel: Des Mannes Gegner soll ein Mann sein!« Der Wesir stimmte ihm zu und sagte zu den Soldaten des Sultans: »Was jener Ali gesagt hat, ist richtig. Der Sultan beköstigt und kleidet euch. Nun zeigt, daß ihr Mut und Verstand habt. Greift ihn einzeln an, wie es sich gehört!« So begannen die Soldaten pausenlos gegen Ali anzurennen, doch im Verlauf des halben Tages hatte Ali zweihundert von ihnen besiegt und getötet, so daß der Wesir ängstlich und wütend das ganze Heer auf Ali einstürmen ließ. Doch auch diesmal blieb Ali Sieger und schlug die Angreifer zurück. Als die Nacht hereinbrach, die Ruhepause begann, war Ali wie betäubt, müde und verwundet. Er kehrte zu seiner Frau zurück, ließ sich pflegen und verbinden. Die schöne Sultanstochter hatte jedoch große Angst um ihn, denn sie sah voraus, daß er, gleichgültig, wie tapfer und siegreich er kämpfen würde, der Übermacht am Ende dennoch erliegen müsse. In dieser Not, nachdem Ali sich in den Armen seiner Frau etwas erholt hatte, fielen ihm die

Haare des Riesen ein. Er bat seine Frau, ihm einen Gluttopf vom Feuer zu holen, zog die Haare hervor und räucherte mit einem von ihnen. Noch stieg der Rauch des Haares in die Höhe, als auch bereits der Riese vor Ali stand und nach seinen Wünschen fragte. Ali erläuterte ihm seine schwierige und peinvolle Lage und daß er nunmehr weder ein noch aus wisse. Der Riese beruhigte ihn und sprach: »Hab keine Angst mehr, dir stehen so viele kräftige und kampferprobte Leute zur Seite, wie du brauchst. Bleib morgen hier bei deiner Frau und sei ganz ruhig. Ihr könnt dem Kampf aus der Ferne zusehen.« Da freute sich Ali und bat den Riesen, für diese Nacht sein Gast zu bleiben, und schlachtete ihm zu Ehren vier Kamele, denn jener war ein großer Fresser.

Am folgenden Morgen begann der Angriff der feindlichen Reiterscharen. Nun erhob sich der Riese, empfahl sich Allah und begann allein mit seinen riesigen Händen auf die Soldaten des Sultans einzuschlagen. Er hob immer einen Mann hoch und erschlug mit ihm ein oder zwei andere. Eine Zeitlang wogte der Kampf, doch dann sahen die Soldaten die Aussichtslosigkeit ihres Tuns ein, blickten noch einmal auf die vielen Toten und flohen. Sie berichteten dem Wesir von der unerwarteten Hilfe für Ali durch einen Riesen und daß es sinnlos sei, noch weiter zu kämpfen, sollte auch nur ein einziger von ihnen zum Sultan zurückkehren können. Da gab der Wesir die Verfolgung Alis auf und kehrte mit dem letzten Rest der Soldaten zum Sultan zurück.

Prinz Ali zog nun mit seiner Frau ungehindert weiter. Beide hatten sich herzlich für die Hilfe bei jenem Riesen bedankt, und dieser war in seine Heimat zurückgekehrt.

Nachdem sie einige Zeit durch ein Gebirge gereist waren, erblickte Ali eine anmutige Stadt und beschloß, sich dort von den bisherigen Strapazen der Reise zu erholen.

Er mietete sich ein schönes Haus und zog mit all seinen Dienern und seiner Frau für etwa einen Monat ein. Jeden Morgen ging er aus, um selbst einzukaufen. Er brachte seinen Leuten die Köstlichkeiten dieser Stadt und wollte sich bei dieser Gelegenheit auch alle Straßen, Basare und Gassen ansehen.

Als er nun eines Tages umherwanderte, kam er auch an dem Laden eines Ringelbäckers vorüber, und plötzlich sah er, ganz ärmlich, nur mit einem Schurz bekleidet, Muhammed, den Sohn des Wesirs, als Ladengehilfen. Schnell trat Ali ein, kaufte zehn Pfund Ringelgebäck und bat den Bäckermeister, ihm seinen Gehilfen zu leihen, damit ihm dieser das Gebäck nach Hause trage. Der Bäcker freute sich und sagte: »Ich habe diesen armen Menschen bei mir aufgenommen, er wird dir gern behilflich sein, nur wäre es schön, wenn du ihm eine kleine Belohnung für seine Dienste geben würdest!« Damit war Ali einverstanden, und so ging er zusammen mit Muhammed nach Hause. Dort angekommen, ließ er Muhammed das Gebäck ins Obergeschoß tragen und auf einen prächtigen Tisch legen. Muhammed hatte Ali aber immer noch nicht erkannt, stand verlegen da und wartete auf die versprochene Belohnung. Da redete ihn Ali an: »Sag, bist du nicht Muhammed, der Sohn des Wesirs?« Jetzt brach Muhammed in Tränen aus, erkannte Ali, den Prinzen, stürzte zu Boden und begann ihm seine Geschichte zu erzählen. Er bekannte sich auch schuldig an seinem Unglück und bat Ali, ihm zu helfen, damit er wieder zu seinem Vater zurückkehren könne. Ali war gern dazu bereit, schickte Muhammed ins Bad, schor ihm den Kopf, frisierte sein Haar, schenkte ihm einen schönen Anzug und machte ihn so wieder zu einem freundlich aussehenden Menschen, der wie ein Kristall leuchtete.

In dieser Nacht blieb Muhammed in Alis Haus. Am

nächsten Tag beschlossen sie, in ihre Heimat aufzubrechen, Muhammed erhielt von Ali ein Pferd sowie Waffen, und dann ritten sie los. Nach ungefähr einem bis anderthalb Monaten kamen sie durch eine sehr wasserarme Gegend. Endlich fand man einen Brunnen, der leider schon so sehr ausgetrocknet war, daß man mit dem Schöpfeimer kaum noch Wasser heraufholen konnte. Einer mußte also in den Brunnen hinuntersteigen und dort das Wasser in Gefäße füllen. Ali bat Muhammed, dies zu tun, doch jener entgegnete trotzig: »Warum soll ich in den Brunnen steigen? Ich habe nur mich und ein Pferd mit Wasser zu versorgen, während du viele Tiere und Leute zu versorgen hast!« Ali wunderte sich zwar über die hochmütige Redeweise, wollte jedoch keinen Streit und stieg selbst in den Brunnen hinab. Der Grund für Muhammeds Verhalten war einfach: Als er mit Ali reiste, hatte er von dessen glücklichen Abenteuern gehört, seine schöne junge Frau gesehen und war neidisch geworden. Mehr als je zuvor ärgerte er sich, daß er an jener Wegkreuzung ihre Trennung vorgeschlagen und gelost hatte. Nachdem Ali genügend Wasser für alle Menschen und Tiere gesammelt und nach oben befördert hatte, rief er Muhammed zu, daß er ihn wieder aus dem Brunnen heraufziehen solle. Der tat auch so, doch als sich Ali in halber Höhe befand, zog Muhammed sein Schwert und schnitt das Seil durch. So stürzte Prinz Ali in den Brunnen hinab und blieb betäubt unten liegen.

Sofort schüchterte Muhammed die Leute Alis ein, indem er zu ihnen sagte: »Wer nicht freiwillig mit mir als Herrn weiterzieht oder wer irgend etwas über diesen Vorfall verlauten läßt, dem schlage ich auf der Stelle eigenhändig den Kopf ab!«

So zog man denn schließlich weiter und gelangte endlich in die Vaterstadt Muhammeds und Alis.

Der Einzug der kleinen Karawane in die Stadt war sehr

prächtig, und alle begaben sich zum Haus des Wesirs. Dort wurde der Sohn willkommen geheißen, doch sofort nach dem Verbleib des Prinzen gefragt. Muhammed antwortete seinem Vater: »Ich weiß nichts von ihm, vielleicht arbeitet er auf einem Baugerüst, vielleicht heizt er auch einen Backofen!«

Der Wesir wunderte sich über diese merkwürdige Antwort sehr und überlegte: ›Ich glaube, mein Sohn belügt mich. Eigentlich ist er unfähig, sich allein so prächtig zu kleiden oder mit solchen Dienern aus der Fremde heimzukehren. Und dann noch diese herrliche Frau! Es kann unmöglich wahr sein, daß mein Sohn, der immer unfähig war, etwas zu tun, in der Fremde eine Prinzessin erworben hat! Er muß lügen und mir etwas verheimlichen. Aber was? Nur der Prinz war eigentlich zu all dem in der Lage! Kurzum, wer mich und die anderen belügt wie Muhammed, mein Sohn, der ist ein Taugenichts. Doch leider, ehe ich nichts weiter weiß, kann ich nichts sagen.‹

Auch der Sultan hatte erfahren, daß Muhammed, der Sohn des Wesirs, heimgekehrt war, und wollte ihn gern sprechen. Der Wesir richtete dies seinem Sohn aus, und jener begab sich in den Palast. Dort fragte ihn der Sultan: »Sag, wo ist dein Vetter, Prinz Ali?« Da Muhammed nicht die Wahrheit sagen wollte, erwiderte er rasch: »O Herr, wir verweilten auf unserer Rückreise etwa einen halben Monat in einer schönen Stadt. Plötzlich begann Prinz Ali, seine gesamte Habe zu verkaufen, übermäßige Ausgaben zu machen, bis er schließlich ganz mittellos war. Ich habe ihn beständig zur Vernunft ermahnt, aber er wollte und wollte nicht hören. Er wollte auch in seinem Zustand nicht mit uns heimkehren. Mehr weiß ich nicht!« Der Sultan war sehr aufgebracht, als er dieses hörte, wandte sich an den Wesir und gab ihm den Befehl: »Wenn du hörst, daß mein Sohn es je wieder wagt, seine Heimatstadt zu betreten, so nimm ihn auf der Stelle fest und töte ihn. Mir bringst du ein Glas von seinem Blut. Er hat mir so viel Schande gemacht, daß er nicht länger mein Sohn sein kann!«

Die Erzählung möge sich nun wieder zu Prinz Ali im Brunnen zurückwenden. Nachdem er sich vom Sturz erholt hatte, saß Ali ziemlich verzweifelt auf dem Boden des Brunnens und überlegte, wie er sich aus dieser Lage befreien könnte. Plötzlich stürzten aus einem der Seitengänge des Brunnens ein Affe und eine Äffin auf ihn zu und baten ihn, ihren Streit zu schlichten. Der Affe und die Äffin waren aber zwei Wesen der anderen Welt. Prinz Ali übernahm das Amt des Richters, doch wenn er nun beim Streitschlichten in einem Punkt dem Affen recht gab, so prügelte ihn die Äffin durch; gab er aber der Äffin recht, so verprügelte ihn der Affe. Ali hatte seine liebe Not mit den beiden und befürchtete, wenn er ihren Streit nicht bald schlichten könne, zu Tode geprügelt zu werden. Endlich kam ihm ein rettender Gedanke; er wandte sich an den Affen und sprach: »Höre, Affe, wenn du klug und verständig wärst und die Wahrsageschriften lesen könntest, würdest du dich an meinen Ratschlag halten: Behalte lieber eine Äffin, die sich an dich gewöhnt hat, und laß ab von der Gazelle in Freiheit!« So stiftete Ali Frieden zwischen dem Affen und der Äffin. Beide waren nun froh und sahen ein, daß es so, wie es ist, am besten ist, schickten sich in den Lauf der Dinge und ließen von ihrem Streit ab. Der Affe aber wollte sich dankbar erweisen, forderte Ali auf, auf seinen Rücken zu steigen, und kletterte mit ihm im Brunnen empor. Oben setzte er Ali ab, bedankte sich nochmals und kehrte friedlich zu seiner Äffin zurück.

Nun kehre die Erzählung wieder zum Wesir von Alis Heimatstadt zurück. Dieser hatte Wächter aufgestellt, die ihm sofort Meldung zu erstatten hätten, wenn der Prinz die Stadt betrete. Und so geschah es. Der Prinz wurde in der

Ferne gesehen, der Wesir erhielt die gewünschte Meldung, ging dem Prinzen persönlich entgegen, hieß ihn willkommen und sprach: »Sei gegrüßt, Prinz Ali! Wie geht es dir? Was ist dir widerfahren?« Prinz Ali antwortete ihm höflich, ohne jedoch Näheres über seine Erlebnisse zu berichten. Dann bat der Wesir Ali unter einem Vorwand in seinen Palast, sagte ihm, daß er zur Zeit nicht in den Palast seines Vaters gehen könne und daß Ali ihm vertrauen und sich nicht in der Stadt zeigen solle. Ali versprach, dies zu tun, denn er kannte den Wesir als einen rechtschaffenen Mann. Der Wesir aber dachte bei sich: ›Ich kann an Ali kein Falsch entdecken, und so will ich ihn, wenn es auch der Sultan befohlen hat, nicht töten. Ich werde ihn eine Zeitlang bei mir verstecken und die Wächter anweisen, nicht verlauten zu lassen, daß Prinz Ali zurückgekehrt ist. Denn wer nicht den Ausgang aller Dinge ins Auge faßt, der hat keinen Freund in dieser Welt!‹

Jetzt möge sich die Erzählung wieder Sineddur zuwenden. Als Sineddur nun aus ihrem dreimonatigen Schlaf erwachte, bemerkte sie, daß sie schwanger war, und sie fand auch den Ehekontrakt und den Ring des Prinzen Ali. So verging denn noch einige Zeit, bis sie schließlich gebar und einen Sohn zur Welt brachte. In dem Ehekontrakt hatte Ali geschrieben: ›Tue niemandem ein Unrecht. Kein anderer als Prinz Ali hat sich dir genaht und mit dir geschlafen!‹ So war Sineddur auch ganz ruhig und ließ wiederum einige Zeit verstreichen, bis ihr Sohn drei Jahre alt war. Eines Tages blickte der Knabe seine Mutter an und fragte: »Mutter, wie kommt es, daß ich keinen Vater habe?« Sie erwiderte ihm: »Du hast einen Vater, aber er wohnt in einem sehr fernen Land!« Da bat der Knabe sie inständig, mit ihm zu seinem Vater zu gehen, und sie willigte ein. Sineddur drehte die Krone auf ihrem Haupt, und sofort erschienen sieben mächtige Geisterkönige, denen sie befahl, ein königliches Heer aufzustellen. Das Heer erschien, Sineddur bestieg ihr Zauberroß, nahm den Knaben vor sich auf den Sattel und ritt, begleitet vom ganzen Heer, durch wirksame Zaubersprüche unterstützt, schnell in das Land des Prinzen Ali. Fahnen schwenkend näherte sie sich der Stadt Alis, ließ das Heer davor lagern und die Soldatenzelte und ihr Prachtzelt mit den vier goldenen Kuppeln aufstellen.

Ein Muezzin stieg gerade auf das Minarett, um die Gläubigen zum Gebet zu rufen, da erblickte er in einiger Entfernung von der Stadt riesige Heermassen. Das fremde Heer hatte einen weiten Ring um die Stadt geschlossen, und durch den Zauber hatte keine der Wachen etwas bemerkt. Zitternd, aufgeregt und hastig stieg der Muezzin wieder vom Minarett, begab sich zum Sultan und berichtete, was er gesehen hatte. Der Sultan beauftragte seinen Wesir, sich vor die Stadt zu begeben und in Erfahrung zu bringen, was dieses fremde Heer zu bedeuten habe, von dem der Muezzin gesagt, daß es zahlreicher wäre als alle Steine in der Stadt! So geschah es. Der Wesir bestieg sein Pferd und ritt zu dem Prachtzelt mit den vier goldenen Kuppeln, die herrlich in der Sonne leuchteten. Am Eingang des Zeltes stieg er vom Pferd und begrüßte ehrfurchtsvoll die fremde Königin. Auf ihren Wunsch hin ließ er sich zu ihren Füßen nieder, küßte ihr die Hand und fragte: »Fremde Herrin, bitte, erkläre mir, was dieses riesige Heer zu bedeuten hat! Wir hoffen, da wir uns keiner Schuld bewußt sind und dich nicht kennen, daß du keine kriegerischen Absichten hast!« Sineddur blickte hoheitsvoll auf den Wesir nieder und erwiderte ihm: »Ich bin nur aus einem einzigen Grund gekommen: Ich wünsche, daß Ihr mir denjenigen bringt, der mein Land und mein Schloß betreten hat!« Der Wesir antwortete: »Herrin, ich weiß davon nichts!« Sineddur lächelte und sagte: »Ich weiß, daß er in Eurer Stadt ist. Wenn Ihr davon nichts wißt, ist dies Eure Angelegenheit. Kümmert Euch darum, und Ihr werdet es erfahren!« Da verabschiedete sich der Wesir und versprach, dem Sultan von ihrem Wunsch Kenntnis zu geben und nach jenem Mann forschen zu lassen und ihn, wenn er ihn gefunden hat, zu ihr zu bringen.

Der Sultan hörte den Bericht des Wesirs ungläubig an und sprach: »Nach dem, was wir bis jetzt wissen, können wir niemanden suchen. Es ist wahrscheinlich besser, wenn wir beide noch einmal vor die Stadt reiten und mit jener Frau reden!« So stiegen der Sultan und der Wesir auf die Pferde, ritten zum Lager der Fremden hinüber, stiegen beim Zelt der Unterhändler, wie es sich gehört, vom Pferd und begaben sich zu Fuß in das Prachtzelt der fremden Königin. Sineddur forderte beide auf, Platz zu nehmen und ihr Anliegen vorzubringen. Der Sultan blickte auf und fragte sie, warum sie in sein Land gekommen sei. Er bekam die gleiche Antwort wie vor ihm sein Wesir. Nun fragte der Wesir, wer sie sei. Die fremde Königin antwortete: »Ich bin Sineddur!« Der Sultan wandte sich an seinen Wesir und sprach: »Höre, Wesir, gib mir einen Rat, was ich tun soll, denn schließlich bist du Wesir geworden, weil du mir raten sollst!« – »Herr, das einzige, was ich tun kann, ist, in die Stadt zurückzukehren und meinen Sohn zu befragen, denn er war ja lange verreist. Vielleicht hat er diese Tat begangen!« entgegnete der Wesir.

Schnellstens kehrte der Wesir in die Stadt zurück und rief seinen Sohn zu sich. Er fragte ihn, ob er im Land der Sineddur gewesen sei, und Muhammed bejahte diese Frage. Da sprach der Wesir, sein Vater: »Wenn es so ist, dann komm jetzt mit mir, damit Sineddur dich sieht!« Und beide ritten auf dem kürzesten Weg ins Lager der Sineddur, stiegen am Eingang des Verhandlungszeltes ab, begaben sich zu Fuß zur Königin und begrüßten sie. Muhammed trat mit seinem Vater vor, und Sineddur fragte den Wesir, wo derjenige sei, der ihr Land betreten habe. Der Wesir antwortete: »Hier, dieser ist es, er steht vor dir!« Sineddur musterte Muhammed und sagte: »Wenn du derjenige bist, der in mein Land gekommen ist und bei mir war, wo ist dein Beweis?« Muhammed entgegnete: »Ich habe kein Beweisstück mitgenommen.« Da sprach Sineddur: »Legt ihn in Ketten und führt ihn ins Gefängnis, denn er ist ein Lügner!« Dann wandte sie sich an den Sultan und sprach: »Sucht nach dem, der bei mir war, und bringt ihn hierher. Wenn ihr dies nicht tut, dann zerstöre ich eure Stadt – Stein um Stein! Nun geht, ihr wißt, was ihr zu tun habt!«

Der Wesir erbat sich ein paar Stunden Zeit, um in Ruhe nachzudenken, und begab sich in seinen Palast zu Prinz Alı, der noch immer darin versteckt lebte. Er küßte Ali die Hand und schilderte die große Notlage, in der er und der Vater des Prinzen sich befanden. Ali verstand, was er sagen wollte, doch bat er den Wesir, erst Platz zu nehmen und sich eine Geschichte erzählen zu lassen. Und so geschah es. Der Wesir setzte sich, und Prinz Ali begann zu erzählen: »Es war einst ein Sultan, der hatte keine Söhne. Eines Tages ging er spazieren und fand einen kleinen Knaben, den man in einem Wickeltuch ausgesetzt hatte. Der Sultan wollte schon daran vorübergehen, als ihn sein Wesir anblickte und sagte: ›Vielleicht hat die göttliche Vorsehung diesen Knaben hier dir in den Weg gesetzt. Ich glaube, du tust gut daran, wenn du ihn an Sohnes Statt annimmst, zumal du keine Söhne hast!‹ Das sah der Sultan ein, er nahm den Knaben zu sich, besorgte ihm eine Amme und ließ für ihn wie für einen leiblichen Sohn sorgen. Der Knabe wurde kräftig und wuchs heran, und als er Gutes und Böses zu unterscheiden vermochte, begann er Dinge anzustellen, die weder Allah noch den Menschen gefallen konnten. Unter anderem forderte er einmal von jenem

Wesir, der ihm das Leben gerettet hatte, die Lösung folgenden Rätsels: ›Was sagt das Wasser, wenn man es auf das Feuer setzt und wenn es kocht?‹ Der Wesir antwortete dem Knaben: ›Ich weiß es nicht! Ich bin nicht König Salomo, der alle möglichen Sprachen verstand!‹ Da der Knabe mit dieser Antwort nicht zufrieden war, bestürmte er seinen Vater, dem Wesir zu befehlen, daß er dieses Rätsel löse. Und der Sultan tat es und sagte: ›Höre, Wesir, was mein Sohn wünscht, das muß unter allen Umständen erfüllt werden! Wenn du meinem Sohn nicht innerhalb von neun Tagen die richtige Antwort sagen kannst, so lasse ich dir den Kopf abschlagen!‹ Nun nahm der Wesir traurig von seinen Leuten Abschied und bestieg ein Pferd, um in der Einsamkeit ungestört nachdenken zu können. Er ritt planlos umher und kam schließlich zum Zelt eines Beduinen. Dort bemerkte er ein kleines Mädchen, das ganz allein war, stieg vom Pferd und fragte es: ›Was ist geschehen? Warum bist du ganz allein? Wo ist deine Mutter?‹ Das Mädchen antwortete: ›Meine Mutter ist ausgegangen, um Allah zu bekämpfen!‹ Der Wesir wunderte sich sehr über diese Antwort, ließ sich aber nichts anmerken und fragte weiter: ›Wo ist dann aber dein Vater?‹ Das kleine Mädchen entgegnete: ›Mein Vater läßt den Bedränger auf den Bedrängten los!‹ Auch diese Antwort verstand der Wesir nicht. Während er noch so dasaß, etwas Wasser trank und sich ausruhte, kam die Mutter des Mädchens heim und wehklagte fürchterlich, denn ihr Sohn war gestorben. Das kleine Mädchen blickte den Wesir an und sagte: ›Habe ich es dir nicht gesagt, daß meine Mutter Allah bekämpft? Eine Sache, die Allah beschlossen hat, gegen die können wir doch nichts tun. Ein Ding, das dahin ist, nach dem sollten wir nicht weiter fragen!‹ Und während er über das kluge kleine Mädchen staunte und sich wunderte, kam auch ihr Vater nach Haus. Über die Schultern hatte er sich eine junge Gazelle gelegt, und an seiner Seite lief ein Windhund. Da sagte das Mädchen zum Wesir: ›Siehst du, mein Vater läßt den Bedränger auf den Bedrängten los. Der Windhund ist doch ein Bedränger und die Gazelle der Bedrängte!‹

Der Vater begrüßte den Gast freundlich und lud den Wesir ein, mit ihnen zu essen und die Nacht bei ihnen zu bleiben. Der Wesir nahm die Gastfreundschaft gern an, doch er sagte: ›Ich kann gar nichts essen, ich vermag kaum zu trinken!‹ Da fragte man ihn, welchen großen Kummer er denn habe, daß er nicht einmal essen und trinken könne. Der Wesir erwiderte: ›Der Sohn des Sultans, dem ich in meinem ganzen Leben nur Gutes getan habe, hat mir eine Frage gestellt, die selbst der Satan nicht lösen könnte. Wenn ich sie aber innerhalb von neun Tagen nicht löse, dann wird mir der Kopf abgeschlagen!‹ Ungläubig blickte der Beduine den Wesir an und bat ihn, doch jene so schwierige Frage zu sagen. Der Wesir entgegnete: ›Ihr werdet die Lösung auch nicht wissen. Er stellte mir folgende Frage: Was sagt das Wasser, wenn man es aufs Feuer setzt und wenn es kocht?‹ Der Beduine blickte den Wesir an, meinte, daß dies eine sehr leichte Frage sei, und forderte das kleine Mädchen auf, ihm die Antwort zu sagen. Das Mädchen sagte: ›Weh, weh schrei ich; vom Himmel floß ich; im Grunde lag ich; das Holz, das ich belebte, das verbrennt mich!‹«

Hier beendete Prinz Ali seine Erzählung, und der Wesir verstand, was jener damit sagen wollte. Er verstand, daß Ali Muhammed Gutes erwiesen, Muhammed ihm aber Böses angetan hatte. Er bat nun den Prinzen, mit ihm ins Lager der Königin Sineddur zu kommen. Beide gelangten an das Tor des Prachtzeltes und traten ein. Sofort trat Sineddur auf Ali zu und sprach zu ihm: »Du bist also der, welcher in meinem Land, in meinem Schloß und bei mir war!« Ali stimmte ihr zu. Nun bat ihn Sineddur, ihr das Beweisstück vorzuweisen. Ali zog den Ring von seinem Finger und reichte ihn ihr. Sie erkannte ihn und glaubte ihm. Dann bat Ali sie, ihm den Ehekontrakt zu zeigen. Sineddur zog ihn hervor und reichte ihn dem Prinzen. Dann holte sie ihren gemeinsamen Sohn und sprach: »Schau her, Ali, dies ist mein und dein rechtmäßiger Sohn!« Da freute sich Ali, und auch sein Vater, der Sultan, freute sich, und er bat seinen Sohn, ihm zu verzeihen, daß er ihn so verkannt habe, und er küßte Ali, Sineddur und deren Sohn und sprach: »Du, Sineddur, sollst meine liebe Tochter und dies hier mein lieber Enkel in dieser und in jener Welt sein!«

Da waren alle sehr froh. Sineddur befahl dem Befehlshaber ihrer Truppen, mit allen Soldaten in ihr Heimatland zurückzukehren. Sie selbst zog mit Ali, ihrem Söhnchen, dem Sultan und dem Wesir in die Stadt.

Doch bevor nun Sineddurs und Alis prächtige Hochzeit gefeiert wurde, sprach Ali zu ihr: »Höre, Sineddur, ich muß dir etwas sehr Wichtiges sagen. Ich habe bereits eine Frau, sie ist hier in dieser Stadt. Ich heiratete sie schon, bevor ich dich zum ersten Mal gesehen habe. Du gehörst ja eigentlich zu den Geistern, und vielleicht hegst du in deinem Herzen Groll gegen sie. Dies darf nie sein! Versprich es mir!« Sineddur beruhigte Ali und versprach ihm, immer freundlich gegen seine erste Gemahlin zu sein, ja, für diese eine Schwester in dieser und in jener Welt sein zu wollen.

Der Sultan blickte seinen Wesir an und sprach: »Hast auch du all das Böse vernommen, was dein Sohn Muhammed meinem Sohn angetan hat?« Der Wesir erwiderte: »Ja, Herr, ich habe es vernommen. Doch ich hatte schon viel früher als du einen Verdacht gegen ihn, denn Prinz Ali lebt bereits lange Zeit in meinem Palast! Ich weiß auch, daß du mich fragen willst, welches Urteil er verdient hat. Ich sage

dir, er hat den Tod verdient, und ich werde ihn mit eigener Hand töten!« Da befahl der Sultan, Muhammed zu
bringen und in den Blutkreis zu stellen. Doch in diesem
Moment eilte Ali herbei, ergriff Muhammed und sprach zu
seinem Vater: »Laß mich zu seinen Gunsten stimmen,
Vater. Sein Vergehen schädigte niemanden außer mich
selbst. Er hat böse an mir gehandelt, ich will aber gut an
ihm handeln, denn jeder handelt so, wie es seine Natur ist
und wie Allah es bestimmt hat.«

Schlechte und gute Frauen

Sineddur wandte sich einst an den Sultan, ihren Schwiegervater, und sprach: »O Vater, immer wieder gräme ich mich, wenn ich höre, wie schlecht von uns Frauen gesprochen wird. Alle Männer, oder fast alle, behaupten, daß alle Frauen schlecht seien. Das stimmt aber nicht. Sicher, es gibt gute und es gibt schlechte, wie es auch gute und schlechte Früchte, gute und schlechte Entscheidungen, gute und schlechte Männer gibt. Denn bei allem auf der Welt gibt es immer zwei Erscheinungen, eine gute und eine schlechte.« Der Sultan nickte ihr zu und sagte: »Ich glaube, du willst uns heute eine Geschichte erzählen! Nun, dann beginne!«

Und Sineddur begann die erste Geschichte zu erzählen:

Von unserem Herrn, dem weisen König Salomo, verlangte einst unsere Herrin Bilkis, er solle ihr einen Pavillon aus Vogeleiern bauen lassen. Salomo rief nun alle Vögel zu sich, damit sie ihn bei diesem Vorhaben unterstützen sollten. Alle kamen, nur die Eule und der Sperling blieben aus. Sie folgten auch nicht der zweiten und nicht der dritten Aufforderung, und Salomo mußte sie mit Gewalt herbeibringen lassen. Als nun endlich beide vor Salomo erschienen, fragte dieser: »Warum kommt ihr nicht freiwillig zu mir? Ich habe doch alle Vögel rufen lassen – und alle sind meinem Ruf gefolgt, nur ihr nicht!«

Die Eule öffnete ihre großen Augen, blickte Salomo an und sagte: »Ich habe einen großen Widerwillen, mit so vielen Weibern zusammenzutreffen! In der Menge sind sie falsch, keifen und zanken den ganzen Tag. Schon aus diesem Grund habe ich mich in die einsamen Gebiete der Berge und Wälder zurückgezogen. Dort niste ich, ziehe in Ruhe meine Jungen auf und schreie meinen Zorn und meinen Abscheu in die Welt!« Salomo blickte ernst auf die Eule, sann nach und sprach zu ihr: »Den Grund für dein Fernbleiben hast du mir genannt, aber warum du einen solchen Widerwillen gegen die Frauen hast, vermag ich nicht zu erraten!«

Da begann die Eule folgendes zu erzählen:

Es ist schon eine lange Zeit her, so an die vierzig bis fünfzig Jahre, da lebte ich noch anders. Wie vor mir meine Ahnen nistete ich auf einem Haus, in der Nähe der Menschen. In diesem Haus wohnten zwei Brüder mit ihren Familien. Der eine hatte eine Tochter, der andere einen Sohn. Als die Kinder erwachsen waren, verheirateten ihre Eltern sie miteinander. Doch die Eltern starben bald, und jene blieben in Trauer und in treuer Liebe zueinander zurück. Eines Tages schaute der Mann seine Frau an und sagte zu ihr: »Wir haben uns so sehr lieb, daß ich glaube, es wäre am besten, wenn wir uns gegenseitig das Versprechen geben, nie wieder nach dem Tod eines von uns zu heiraten! Wenn ich zuerst sterbe, wirst du keinen anderen Mann heiraten, und wenn du zuerst sterben solltest, dann werde ich keine andere Frau heiraten. Wir lieben uns und sind für immer ein Ehepaar, ob nun hier oder in jener Welt.« Die junge Frau antwortete: »Dein Vorschlag ist sehr gut. Gepriesen sei Allah, und unser Geschick sei ihm anempfohlen!« So gaben sich beide jenes Versprechen. Einige Jahre, aber nicht allzu lange, lebten sie noch glücklich und zufrieden miteinander, dann starb der Mann in nicht sehr hohem Alter, und die Frau blieb allein zurück. Kinder hatten sie keine, und so war der Schmerz der Frau noch größer, und sie weinte und wehklagte, als man ihren Mann ins Grab legte. Sie war so traurig und verzweifelt, daß sie sich auf dem Grab ein Zelt errichtete und dort bleiben wollte, bis der Tod sie mit ihrem Gatten vereine. So weit, so gut.

In jener Stadt trieb zu dieser Zeit ein großer Räuber sein Unwesen. Nichts war vor ihm sicher, selbst in den Palast des Sultans drang er ein und stahl wertvolle Dinge, ohne daß ihn irgend jemand zu fassen bekam. Der Sultan verzweifelte fast und kam schier um vor Wut, wenn ihm eine neue Raubtat berichtet wurde. Er wandte sich an seinen ersten Wesir und sprach zu ihm: »Ich habe dir nur deshalb die Stellung eines ersten Wesirs gegeben, damit du mich gut berätst und in allen Dingen zufriedenstellst. Wenn du mir diesen schamlosen Räuber nicht bis morgen herbeischaffst, tot oder lebendig, dann lasse ich dich hinrichten!« Angsterfüllt und traurig verließ der Wesir den Gerichtssaal und sprach zu sich: ›Die Wächter des Sultans, die Truppen und alle anderen Bürger sind diesem Räuber gegenüber machtlos, wie soll ich da als einziger gegen ihn vorgehen, ihn fangen und vor den Sultan bringen?‹ In diese und ähnlich traurige und schwermütige Gedanken vertieft, kam er in seinem Palast an, ließ sein Pferd satteln und ritt in die Einsamkeit. Er achtete nicht auf den Weg, und das Pferd führte ihn geradenwegs vom Stadttor aus zum Friedhof. Dort erblickte er ein Zelt, wunderte sich sehr darüber und wurde neugierig. Vorsichtig schaute er in das Zelt und erblickte eine ansehnliche Frau. Er prallte zurück. Sie aber sah ihn herausfordernd an und rief ihm zu: »Komm doch her! Was hast du denn? Bin ich so häßlich?« Der Wesir erwiderte: »Ich habe eine Frau erblickt, die nicht die meine ist, und zog mich, wie es sich gehört, zurück.« Die Frau aber sprach: »Ach, das tut doch gar nichts. Nimm nur Platz. Hier ist es ruhig und still.« Da setzte er sich zu ihr und versank wieder in seine traurigen Gedanken. Sie bemerkte sofort seine Traurigkeit und fragte ihn nach dem

Grund. Der Wesir antwortete ihr: »Ach, laß mich! Heute kann ich noch leben, aber morgen muß ich sterben. Wie soll ich da nicht traurig sein!« Die Frau gab sich jedoch mit dieser Antwort nicht zufrieden und fragte ihn nach den genaueren Gründen. Da erzählte er ihr von dem Auftrag des Sultans und legte ihr auch dar, warum er ihn nicht erfüllen könne. Die Frau überlegte eine kurze Weile, dann sprach sie zum Wesir: »Würdest du mich heiraten, wenn ich dir einen so guten Rat gebe, daß du nicht sterben mußt?« Der Wesir überlegte nicht lange, denn schließlich ging es um sein Leben, und antwortete: »Wenn dein Rat so gut ist, daß er mein Leben rettet, werde ich dich zur Frau nehmen.« Da sagte die Frau: »Hier in diesem Grab liegt mein Mann. Er ist seit einem halben Monat tot. Wir wollen ihn aus dem Grab herausholen und den Kopf abschneiden. Diesen kannst du dann dem Sultan bringen, denn der Sultan kennt jenen Räuber sicher nicht!« Der Wesir schaute sie entsetzt an und erwiderte: »Der Dieb ist aber einäugig!« Da antwortete die Frau: »Nun, das ist nicht weiter schlimm. Ich werde ihm ein Auge herausreißen!« Und so verrichtete die Frau das blutige Werk, der Wesir nahm den Kopf in Empfang, brachte ihn als Kopf des Diebes dem Sultan, der sich bald beruhigte, und ging nach Hause. Am nächsten Tag sandte die Frau einen Boten zu ihm und ließ ihm ausrichten, daß er sie nun heiraten müsse. Doch der Wesir warf den Boten aus seinem Haus und ließ ihn ausrichten: »Wäre an dir etwas Gutes, so hättest du unmöglich deinen Mann aus dem Grab gezerrt und so zugerichtet. Ich werde dich nie heiraten. Denn dein Mann hat von dir nichts Gutes erfahren, du hast ihn geschändet, wie sollte ich da von dir etwas erhoffen können! Suche nur weiter nach einem Dummkopf, der dich heiratet, vielleicht findest du ein paar Taugenichtse, mit denen du dich amüsieren kannst.«

Da wandte sich der Sperling an die Eule und sprach: »Glaube nicht, daß alle Frauen gleich sind! Es gibt auch da, wie immer, gute und böse!« Und er begann zu erzählen:

Ich nistete auf einem Haus, wo schon mein Vater und mein Großvater genistet hatten. In diesem Haus wohnte eine sehr schöne Frau, die bereits als Kind mit ihrem Vetter verheiratet worden war. Beide waren sehr glücklich und sehr verliebt ineinander. Der Mann war Großkaufmann und des öfteren mit seinen Waren unterwegs, und so ließ er sich ihr Bild auf seine Schnupftabakdose malen, damit er sie immer auf seinen Reisen anschauen könne, wenn er die Dose hervorzöge. Einst mußte er nun wieder eine weite Reise antreten, er nahm seine Waren, begab sich in eine andere Stadt und begann zu handeln. So kam er auch in die Stadt eines Sultans. Dort tätigte er sehr gute Geschäfte, und es gefiel ihm hier. In dieser Stadt hatte aber das Diebswesen dermaßen an Umfang zugenommen, daß der Sultan jedem Bürger untersagt hatte, sich vom Abendgebet bis zum Morgengebet auf die Straße zu begeben. Eines Morgens nun, der Kaufmann stand sehr früh auf, meinte aber, es sei schon nach dem Morgengebet, begab er sich auf die Straße, um in die Moschee zu gehen und dort zu beten. Auf der Straße kamen ihm die Nachtwächter entgegen und nahmen ihn fest, weil er das Gebot des Sultans verletzt hatte. Man führte ihn vor den Richter, und dieser glaubte ihm nicht, daß er nur zur Moschee gehen wollte, sondern beschuldigte ihn, ein Dieb zu sein. Nun beteuerte der Kaufmann noch eindringlicher seine Unschuld und schwor, daß er geglaubt habe, es sei dieselbe Zeit, zu der er auch sonst jeden Tag in die Moschee gehe. Listig fragte ihn der Richter, ob er jene Verordnung des Sultans, das Spazierengehen in der Nacht betreffend, kenne. Der Kaufmann entschuldigte sich, daß er von dieser Verordnung noch nichts gehört habe, schließlich sei er ein

Fremder und könne nicht alles wissen. Da wurde der Richter zornig und ließ ihn ins Gefängnis abführen, denn alle Antworten des Kaufmanns hielt er für Lügen.

Als man den Kaufmann ins Gefängnis brachte, entfiel ihm seine Schnupftabakdose. In der Dunkelheit tastete er umher, konnte sie aber nicht finden. Ein Wärter hatte sie jedoch entdeckt und an sich genommen. Er brachte sie zum Richter, und dieser wiederum brachte sie zum Sultan; und alle, die jene Schnupftabakdose anschauten, sagten ›Ah‹ und ›Oh‹, wenn sie die wunderschöne Frau sahen, die darauf gemalt war. Der Sultan pries Allah, der ihm den Fingerzeig zu einem so schönen Weib gegeben habe, und befahl dem Wesir, sich ins Gefängnis zu begeben, den Fremdling auszufragen, was er hier getan habe und woher er komme. Der erste Wesir begab sich dorthin, ließ sich den Kaufmann vorführen und fing behutsam an, ihn auszufragen, ja er machte ihm Hoffnung, daß er bald wieder freikäme, wenn er das Gewünschte erfahren würde. Kaum hatte er dem Sultan vom Erfolg seiner Erkundigung berichtet, als er schon den Befehl erhielt, mit vielen Waren ein Schiff auszurüsten, in die Heimatstadt jenes Mannes zu fahren, einen Handel zu eröffnen und, wenn es irgendwie möglich sei, jene wunderschöne Frau dem Sultan zu bringen. Der Wesir entgegnete: »Allah sei mit mir! Der Befehl des Sultans fordert Gehorsam, ich will tun, was ich kann!«

Bald gelangte der Wesir, als Kaufmann verkleidet, in jene Stadt, brachte seine Waren an Land, mietete einen Laden und begann, wie ein gewöhnlicher Händler zu leben. Eines Tages kam eine alte Frau zu ihm in den Laden, suchte und kramte in seinen Waren herum, doch so auffällig und betont, daß er aufmerksam wurde. Schließlich fragte sie ihn: »Sag, hast du feines Zeugs, etwa die Stoffe ›Bostra‹, ›Bedrucktes‹ und ›Spinnwebe des Palastes‹?« Eilfertig antwortete er: »Natürlich habe ich auch diese Stoffe!

Schließlich bin ich ein bedeutender Händler! Doch wofür benötigst du gerade diese seltenen Stoffe?« Die Alte antwortete ausweichend: »Ach, ich habe da ein kleines Waisenmädchen, dem will ich etwas Gutes tun!« Nun wurde ihr so viel verschiedener feinster Stoff vorgelegt und zugemessen, daß sie schließlich rief: »Herr, so viel Geld, wie dies hier kostet, besitze ich gar nicht! Das kann ich nicht bezahlen, denn es kostet mindestens drei- bis viertausend Piaster!« Doch der Wesir wollte die Gelegenheit nutzen und sprach: »Ach, du brauchst es nicht zu bezahlen, ich schenke es dir! Sieh, ich bin noch nicht allzulange in dieser Stadt und möchte jemand etwas Gutes tun! Hier hast du auch noch fünfhundert Goldstücke. Bitte, sei so freundlich und nimm dies bescheidene Geschenk eines Fremden an!« Die Alte merkte natürlich, daß er noch etwas anderes wollte, als ihr nur ein Geschenk zu machen, nahm erst einmal die Dinge, ging nach Hause und freute sich über diesen Nebenverdienst.

Am folgenden Tag kam sie wieder in den Laden und sprach: »Herr, du warst gestern sehr großzügig zu mir, und auch ich möchte dir etwas Gutes tun. Wenn du ein Anliegen hast, vielleicht kann ich dir behilflich sein.« Nichts hatte der Wesir sich mehr gewünscht. Er sprach: »Nun, wenn es so ist. Kennst du das Haus jenes Kaufmanns?« Er beschrieb genau, wen er meinte. »Natürlich«, erwiderte die Alte. Da sprach der Wesir zu ihr: »Nimm bitte dieses Kästchen hier, bring es der wunderschönen Frau, die jetzt allein wohnt, und für dich sind diese fünfhundert Goldstücke. Der Frau aber sage folgendes: Ich, der fremde Händler, möchte gern zwei Stunden bei ihr zubringen dürfen!« Die Alte nahm den Auftrag an, ergriff das Kästchen, steckte die fünfhundert Goldstücke in ihre Tasche und ging sofort zu jener schönen Frau. Sie klopfte an die Tür, eine Dienerin kam heraus und fragte, was sie wolle. Die Alte hatte eine flinke Zunge und sagte: »Bestelle deiner Herrin, die Hebamme ihrer Mutter möchte heute ein Stündchen zu ihr kommen!« Da ließ die Dienerin die Alte herein, die schöne junge Frau hieß sie herzlich willkommen und lud sie zu einem Täßchen Kaffee ein. Während sie so dasaßen, Zuckerwerk aßen und plauderten, sprach die listige Alte: »Höre, mein Töchterchen, denn ich darf dich so nennen, denn schon deine Mutter habe ich aufgezogen und dich, als du noch sehr klein warst, auf meinem Schoß gehalten!« Dann druckste sie ein Weilchen herum, bis sie mit ihrem Anliegen herausrückte: »Ich hoffe, ich mache dir keine Umstände, und ich hoffe auch, daß du mich nicht ohne Hoffnung wieder wegschickst. Es ist nämlich so: Ein fremder, sehr reicher Kaufmann ist kürzlich hier angekommen. Ich war bei ihm, um so einige Kleinigkeiten zu kaufen, da fragte er mich, ob ich dich kenne. Nun ja, sagte ich, sicher, ich kenne dich. Darauf gab er mir für dich ein kostbares Kästchen. Es sei ein Geschenk, das du auf gar keinen Fall ablehnen dürftest, und ich sollte es dir geben!«

Nun machte sie eine kleine Pause, nippte an ihrem Kaffee, knabberte an dem herrlichen Gebäck und beobachtete die junge Frau. Doch diese ließ sich nichts anmerken und sprach zu der Alten: »Nun, wenn es so ist, wo ist jenes Kästchen? Ich danke dir, daß du die Vermittlung übernommen hast. Doch vielleicht ist da noch etwas? Will er nicht selbst einmal herkommen?« Erleichtert überreichte die Alte das Kästchen, die junge Frau legte es in ihre Truhe, und die Alte fuhr fort: »Nun ja, Töchterchen, das ist so. Er bat mich natürlich, dich zu fragen, ob es möglich wäre, dich einmal besuchen zu dürfen. Doch da er ein bescheidener Mann ist und dir keine Unannehmlichkeiten bereiten wollte, kam er nicht selbst, um sein Anliegen vorzutragen. Er will ja auch nicht unverschämt sein, es würde ihm genügen, wenn er zwei Stündchen zu dir kommen dürfte!«

Die junge Frau ließ sich nichts anmerken und antwortete: »Nun, das ist nicht weiter schwierig, und so viele Umstände hätte er nicht machen brauchen. Aber wie es sei, so sei es. Geh wieder zu ihm und sage, er solle zwei Stunden nach Sonnenuntergang bei mir sein! Du kannst ihn auch hierherbringen, wenn er den Weg noch nicht kennen sollte, doch wenn du ihn bis hierher begleitet hast, dann entferne dich wieder und geh nach Hause.« Flugs stand die Alte auf, verabschiedete sich und begab sich sogleich zu jenem Wesir. Der hatte sie bereits ungeduldig erwartet und freute sich sehr, als er hörte, welch großen Erfolg die Alte hatte. Sofort ging er ins Bad, rasierte seinen Körper und schnitt sich sein Haupthaar, wusch sich mit duftenden Wassern, kleidete sich prächtig und machte sich auf den Weg zu jener schönen Frau.

Diese hatte in der Zwischenzeit eine prächtige Abendtafel hergerichtet, sich mit Duftwassern eingerieben, schön frisiert und rief, nachdem sie prächtig angekleidet war, ihre Dienerin und sagte zu ihr: »Höre, wenn es heute abend an der Tür klopft, so gehe hin und öffne. Es wird ein vornehmer Kaufmann zu mir kommen, denn er hat ein unbändiges Verlangen, bei mir zu sein. Aber paß auf! Wenn du ihn hereingeführt hast, dann warte noch ein kurzes Weilchen vor der Tür. Vielleicht so an die zehn Minuten. Dann klopfe so heftig, so stark, wie du nur immer kannst, gegen die Tür! Vergiß es nicht! Es darf nicht zu schnell, nachdem er gekommen ist, und nicht zu lange, nachdem er da ist, sein!«

Die zweite Stunde nach Sonnenuntergang kam, und der Kaufmann war pünktlich an der Tür, klopfte, und die Dienerin öffnete ihm. Auch die schöne junge Frau war zur Stelle und hieß ihn freundlich und herzlich in ihrem Haus willkommen. Der Kaufmann starrte fasziniert auf diese lebendige Schönheit, von der das Bild auf der Tabaksdose nur einen schwachen Abglanz gab, und überbot sich fast mit Komplimenten. Er wurde ins Speisezimmer geführt, freundlichst aufgefordert, Platz zu nehmen und mit der jungen Frau zu Abend zu speisen. Geschickt setzte sie sich neben ihn und wußte ihn sofort zu bestricken. Doch kaum hatte sie mit dem Essen begonnen, hatten ein oder zwei Bissen des köstlichen Mahles verzehrt, als es sehr ungestüm an die Tür zu klopfen begann, so, daß bald das ganze Haus dröhnte. Erschrocken fuhr der Wesir hoch und fragte ängstlich die Frau, wer das denn sei. Sie erwiderte in gespielter Aufregung: »O Herr, wir sind verloren! Es ist schrecklich. Der da klopft, ist der Bruder meines Mannes, ein schrecklicher und gewalttätiger Mensch. Er wird mich erschlagen, wenn er dich bei mir findet. Seit nämlich mein Mann verreist ist, kommt er des öfteren unverhofft, um mich und meine Tugend zu überwachen! Ich muß ihn ins Haus lassen, sonst erschlägt er mich!« Der Wesir war ganz kopflos und blickte ratlos und ängstlich um sich. Da sprach die listige Frau: »Doch warte, da fällt mir ein, daß sich unter diesem Teppich ein Kellergemach befindet, das er nicht kennt. Ich werde dich hinunterlassen, und du wirst so lange darin bleiben, bis er gegangen ist. Danach hole ich dich wieder heraus, und wir werden fröhlich sein!« Der Wesir war in seiner Angst mit allem einverstanden, so wurde, was die Frau gesagt, mit Hilfe der Dienerin schnell in die Tat umgesetzt. Der Verschlußstein wurde gehoben, der Wesir an ein Hanfseil gebunden und hinabgelassen. Dann legten die beiden Frauen den Stein wieder an seinen Platz und setzten sich zu Tisch, um die köstliche Mahlzeit zu genießen, während der lüsterne Wesir allein im kalten und dunklen Kellerloch hockte.

Am nächsten Morgen öffnete die junge Frau das Kellerloch und rief zum Wesir hinab: »Wie geht es dir?« Er erwiderte: »Es ist schrecklich, eine Ratte in der Größe einer Katze und diese kalte Nässe haben mich die qualvoll-sten Stunden meines Lebens ausstehen lassen! Ich fürchte, mein Geist ist schon verwirrt! Ich bin hungrig und durstig wie nie zuvor! Bedenke, seit gestern mittag habe ich nichts mehr gegessen!« Die junge Frau lachte und wies die Diene-rin an, ihr Wolle zu bringen. Dann nahm sie ein Seil, band die Wolle, eine Karde zum Aufrauhen des Wollgewebes und ein kleines Laternchen daran und ließ dies alles hin-unter. Der Wesir staunte nicht schlecht. Doch das höhni-sche Lachen der jungen Frau belehrte ihn, daß er durch-schaut worden war. Die Frau rief ihm noch zu: »Nun hast du Arbeit und Licht! Arbeite nach Herzenslust, nur beden-ke, wenn du wenig arbeitest, wirst du wenig zu essen bekommen! Wenn du aber gar nicht arbeitest, dann mußt du verhungern! Überleg dir gut, was du nun tun willst!« Der Wesir rief in seiner Angst zu verhungern: »Gib mir nur gut zu essen, dann werde ich auch gut arbeiten!« So geschah es. Er bekam ein ordentliches Stück Brot, acht Oliven und einen Milchnapf voll Wasser. Dann schloß die junge Frau das Kellerloch wieder mit dem Verschlußstein, der Wesir saß in der Kälte und aß, und nach dem Essen begann er Wolle zu karden. Doch da er noch nie in sei-nem Leben mit seinen Händen gearbeitet hatte, waren diese bald über und über mit Blasen bedeckt und schmerz-ten ihn fürchterlich, so meinte er jedenfalls, und er hörte mit der Arbeit auf. Als die junge Frau am nächsten Morgen nachschaute, was er trieb, und sah, wie wenig er geschafft hatte, gab sie ihm nur ein Viertel von dem, was er am Tag vorher bekommen hatte. Da erkannte der Wesir, daß er um sein Leben arbeiten müsse, und er kardete trotz aller Schmerzen die ganze Nacht über, umwickelte dabei seine Hände mit Lappen und schaffte, was man von ihm erwar-tete. So bekam er am nächsten Tag wieder ausreichend zu essen. Und so ging es Tag für Tag. Er hatte die Lehre, die er am ersten Tag erhalten hatte, nicht vergessen und arbeitete, so gut und so viel er nur konnte, und es ging ihm leidlich.

Nun möge sich die Erzählung wieder zum Sultan wenden. Der Sultan, der jenen Wesir ausgeschickt hatte, wurde mit der Zeit sehr ungeduldig. Eines Tages wandte er sich an seinen zweiten Wesir und sprach: »Der erste Wesir ist nun schon vier Monate weg, ohne ein Lebenszeichen von sich gegeben zu haben. Irgend etwas stimmt da nicht. Was rätst du mir zu tun, und was vermutest du, ist geschehen, o Wesir?«

Der zweite Wesir überlegte einen Augenblick, dann antwortete er: »O Sultan, vielleicht, ich weiß es nicht, hat ihm jene Frau, als er sie gesehen hat, so sehr gefallen, daß er mit ihr zusammen in eine andere, fremde Stadt gezogen ist und dort selbst mit ihr lebt?« Da erwiderte der Sultan: »Bei Allah, du hast recht, Wesir! Doch dir vertraue ich sehr. Ich werde dir ein zweites Schiff mit erlesenen Waren ausrüsten, und du sollst in jene Stadt reisen, dort Handel treiben und nach der schönen Frau und dem ersten Wesir forschen!« Mit den Worten »Wie du befiehlst, Herr«, machte sich der zweite Wesir an die Vorbereitungen für sein Unternehmen, ließ sich vom Sultan genügend Geld geben und begab sich auf die Reise.

Schon bald gelangte er in jene fremde Stadt, ging an Land, lud die Waren aus, eröffnete einen Laden und begann seinen Handel. Im Verlauf des dritten Tages nach der Eröffnung seines Geschäftes kam jene Alte, die bereits zum ersten Wesir gekommen war, auch zu ihm und begann, verschiedene Waren zu begutachten und ihn in ein Gespräch zu ziehen: »Du bist wohl erst seit kurzem hier, Herr? Früher habe ich deinen Laden nie bemerkt!«

Der Wesir bestätigte ihr dies, erzählte auch, daß er erst seit drei Tagen in der Stadt sei und vermutlich nicht für immer hierbleiben werde. Nun fragte ihn die Alte nach verschiedenen Dingen, nach Seiden, Ambra, Zibet, Moschus und anderem mehr. Er wunderte sich ein wenig, sagte aber: »Alles, was du brauchst, findest du hier bei mir. Und wenn du etwas benötigst, was ich nicht haben sollte, so werde ich es dir in aller Kürze verschaffen!« Danach legte er ihr die verschiedensten Dinge zum Kauf vor, doch die Alte konnte sich nicht entscheiden und überlegte hin und her, was sie kaufen solle. Schließlich schenkte ihr der Wesir all die Dinge, die er ihr zur Auswahl vorgelegt hatte, legte auch noch zwei Beutel mit Goldstücken dazu, denn er hatte längst bemerkt, daß dieser ganze Einkauf nur ein Vorwand war, um sich in bestimmten delikaten Dingen als Vermittlerin anzubieten. Und richtig: Schon am nächsten Morgen kam die Alte wieder in seinen Laden und begann: »Mein Herr, Ihr habt mich gestern so großzügig beschenkt, Ihr seid fremd in dieser Stadt, und da dachte ich mir, vielleicht könnte ich Euch ein wenig nützlich sein. Vielleicht gibt es etwas, was Ihr in Erfahrung zu bringen wünscht, oder ähnliches! Vielleicht seid Ihr auch sehr einsam und braucht etwas nette Gesellschaft.« Da freute sich der Wesir, daß er seine Waren und sein Geld so gut, wie er meinte, angelegt habe, und sprach: »Höre, ich bin dir sehr verbunden, wenn du mir verschiedene Auskünfte geben könntest. Um es kurz zu sagen, ich suche jemand. Kennst du das Haus von jenem Kaufmann?«, und auch er beschrieb, wen er meinte. »Sicher, ich kenne es sehr gut und gehe darin ein und aus!« entgegnete die Alte. »Lebt dort ganz allein eine schöne junge Frau?« wollte der Wesir wissen. »Sicher«, war die Antwort. »Nun, wenn es so ist«, sprach er weiter, »so möchte ich dich um einen Gefallen bitten. Nimm hier dieses wunderbare Kästchen und überbringe es der schönen Frau. Sage ihr, daß ein Fremder gern zwei Stündchen bei ihr verweilen möchte! Diese tausend

Piaster sind für deine Bemühungen!« Die Alte nahm das Geld sowie das Kästchen und machte sich auf den Weg.

Sie klopfte, ihr wurde geöffnet, die junge Frau begrüßte sie mit Kaffee und Gebäck, und sie setzten sich zu einem Schwätzchen zusammen. Da begann die Alte: »Höre, mein Töchterchen, ich bringe dir wieder ein schönes Kästchen! Ich will dir auch noch sagen, daß ich glaube, diese Beute ist noch wertvoller als die erste!« Die junge Frau bedankte sich, legte das Kästchen in dieselbe Truhe wie das erste und sprach zur Alten: »Bring ihn zu mir, genau wie den ersten, also ein bis zwei Stunden nach Sonnenuntergang!«

Inzwischen wartete der zweite Wesir aufgeregt in seinem Laden, daß die Alte endlich zurückkäme und ihm berichte, wie es mit seinem Anliegen stünde. Endlich kam sie, berichtete vom Erfolg ihrer Mission, ermahnte ihn, sich gut zu kleiden und sich anständig zu benehmen, und verabredete, daß sie ihn von seinem Laden abholen und zu jener Frau bringen werde. Und so geschah es. Die Dienerin der jungen Frau erwartete ihn bereits in der Haustür, bat ihn höflich und freundlich herein und führte ihn in ein prachtvolles Zimmer mit gedeckter Tafel und brennenden Kerzen. Dort erwartete ihn die schöne Frau, hieß ihn mit zauberischer Stimme willkommen und bat ihn, an ihrer Seite Platz zu nehmen und mit ihr zu speisen. Der Wesir war bei ihrem Anblick ganz verzaubert und fraß sie förmlich mit seinen Augen auf, kurz, er war sofort unsterblich verliebt! Doch kaum hatten sie mit dem Essen begonnen, erst ein oder zwei Schlucke jenes köstlichen Weins getrunken, da erdröhnte ein wütendes Klopfen an der Tür. Es war alles wie beim ersten Wesir: Er erschrak, und auch sie tat, als ob sie erschrak, erzählte dann die fürchterliche Geschichte vom Bruder ihres Mannes, schließlich versteckte sie ihn im Kellerloch. Zusammen mit der Magd band sie ihn an ein Hanfseil, und beide ließen ihn hinab, und er staunte nicht wenig, daß sich in dem Keller noch jemand befand. Doch schon wurde über ihm der Verschlußstein aufgelegt, und er saß in trübem Licht einem Mann, der ununterbrochen Wolle kardete, gegenüber. Der zweite Wesir begann jenen Mann zu befragen: »Was machst du hier?« Der andere entgegnete: »Was soll ich schon machen? Du siehst doch, daß ich Wolle karde! Und ich vermute, bei Allah, daß auch du bald Wolle karden wirst! Erkennst du mich denn nicht? Das gleiche Verlangen, das gleiche Ziel, der gleiche Auftrag führten auch mich hierher in dieses Haus wie dich!« Da erst erkannte der zweite Wesir den ersten, und sie erzählten sich ihre Schicksale.

Der erste resümierte: »Nun, Allah hat es gefallen, uns im Wesiramt zusammen arbeiten zu lassen, und ihm wird es gefallen, uns zusammen Wolle karden zu lassen! Wenn dies so weitergeht, werden wir schließlich zusammen in diesem Kellerloch sterben!« Traurig setzte sich der zweite Wesir neben den ersten und starrte vor sich hin. Da begann der erste Wesir sein einfaches, aber ausreichendes Essen zu verzehren. Der zweite bat ihn, ihm ein wenig davon abzugeben. Doch der erste Wesir entgegnete: »Höre, du bist erst kurz hier. Hier ist es anders als im Palast des Sultans. Hiervon wirst du, bei Allah, nichts zu essen bekommen, denn ich brauche dringend dies Essen, sonst kann ich die Arbeit nicht verrichten und bekomme weniger zu essen. Es ist hier nun einmal so, soviel wie man gearbeitet hat, soviel bekommt man zu essen!«

Am nächsten Morgen wurde der Verschlußstein geöffnet, die schöne Frau ließ Wolle, eine Karde und eine zweite Lampe hinab und sprach: »Nun seid ihr vereint. Vielleicht ist es jetzt nicht mehr so eintönig dort unten. Du aber, du zweiter der allerklügsten Männer, arbeite, wie bereits der erste arbeitet, und ich werde dir ausreichend zu essen geben.« So geschah es, beide arbeiteten, so gut sie konnten, und nach einiger Zeit bekam auch der zweite genug zu essen.

Die Erzählung möge sich nun wieder dem Sultan zuwenden. Der Sultan wartete einige Zeit, dann wurde er sehr unruhig und dachte bei sich: ›Der erste Wesir reist ab und kommt nicht wieder, der zweite Wesir reist ab und kommt nicht wieder, was ist bloß geschehen? Vielleicht haben sie beide die schöne Frau in ihrer Gewalt, haben mich hintergangen und streiten sich wegen ihr! Oder noch schlimmer: Sie streiten sich nicht, haben sich geeinigt und leben zu dritt vergnügt mit all dem Geld in einer fremden Stadt! Es bleibt mir nichts weiter übrig, als selbst nach dem Rechten zu sehen. Denn wenn ich wieder einen Diener aussende, wer weiß, ob er sich nicht jenen anschließt, und ich weiß wieder nicht, woran ich bin!‹ Und so schnell, wie er den Beschluß gefaßt hatte, setzte er ihn in die Tat um, rüstete ein noch prächtigeres Schiff aus, übergab einem zuverlässigen Wesir die Regierungsgeschäfte für die Zeit seiner Abwesenheit, empfahl sich dem Schutz Allahs und reiste ab.

Auch er gelangte nach kurzer Zeit in jene fremde Stadt, ging an Land und mietete sich einen Laden. Doch sein Schiff war so prächtig, daß die Kaufleute der Stadt kamen, um die Waren gleich von ihm zu kaufen. Er lehnte dies jedoch ab, da er kein Großhändler sei und es ihm Spaß mache, selbst in einem Laden zu stehen und die Waren an die Kunden zu verkaufen. Im Verlauf des dritten Tages kam in den neuen Laden nun wieder jene Alte, kramte hier und dort und stellte allerhand Fragen nach allen möglichen Stoffen. Der Sultan pries seine Waren und sprach: »Sieh her, ich habe weichesten Sammet, leichteste indische Gaze, alle Arten und Farben von Seide, Kaschmir und silber- oder goldbestickte Stoffe, auch purpurfarbene!« Er hielt sich auch für sehr klug, schnitt ihr daher von den verschiedensten kostbaren Stoffen etliche Stücke ab, schenkte sie ihr und gab ihr, um sich ihres Wohlwollens und ihrer Findigkeit zu versichern, noch fünftausend Piaster dazu. Da sprach die Alte: »Herr, ich kann kaum dieses große Geschenk annehmen, doch besten Dank! Wenn Ihr jetzt einige Wünsche an mich habt, so sagt sie nur, vielleicht kann ich sie erfüllen!« Der Sultan erwiderte: »Nimm erst diese Dinge hier, bring sie nach Haus und komm dann zu mir!«

Und so geschah es: Am Nachmittag war die Alte wieder im Laden des Sultans. Da sprach dieser zu ihr: »Sag, kennst du das Haus jenes Kaufmanns?«, und auch er beschrieb den Mann genau. Die Alte sagte, daß sie es gut kenne. Der Sultan gab ihr nun ein prächtiges Kästchen, das sie der jungen Frau überbringen sollte, außerdem zehntausend Piaster als Lohn für ihre Dienste, und sie ging, um der jungen Frau zu melden, daß schon wieder ein Fremder mit Geschenken angekommen sei, die noch viel wertvoller als die vorigen Geschenke waren, denn in dem Kästchen befanden sich zwei weitere, das eine war mit Gold, das andere mit Diamanten gefüllt.

Die junge Frau empfing die Alte freundlich, man trank Kaffee miteinander, aß Gebäck, und wie bei den beiden anderen sollte auch dieser Fremde ungefähr ein bis zwei Stunden nach Sonnenuntergang zu ihr kommen.

Um die festgesetzte Zeit führte die Alte den Sultan zum Haus der jungen schönen Frau und verließ ihn dort; er wurde von der Dienerin hereingebeten, zuvorkommend von der schönen Frau empfangen und an eine festlich geschmückte Tafel geführt, er setzte sich an ihre Seite, wußte vor Entzücken nicht, wie er sie noch preisen sollte, und man begann mit dem köstlichen Nachtmahl. Doch schon bald ertönte das schauerliche Klopfen an der Tür, der Sultan bekam es, wie seine beiden Wesire vor ihm, mit der Angst zu tun, auch die junge schöne Frau schien besorgt und ängstlich; schließlich wurde er, wie seine beiden Wesire, gebeten, bis die Gefahr vorüber sei das Versteck im Keller aufzusuchen. Man band auch ihn an ein Hanfseil und ließ ihn in den spärlich beleuchteten Keller hinunter, der Verschlußstein wurde aufgelegt, und der Sultan sah sich seinen beiden Wesiren gegenüber, die eifrig dasaßen und Wolle kardeten und kaum bemerkt hatten, daß schon wieder jemand hinuntergelassen worden war. Schließlich schauten sie auf und erkannten ihren Herrn, der sprachlos vor ihnen stand und zuschaute, wie sie arbeiteten. Sie sprachen zu ihm: »Dank sei Allah, der dich zu uns gebracht hat! Wir sind deine Diener in dieser und in jener Welt! Wir waren deine Wesire in unserer Heimat, so laß uns auch deine Wesire hier in diesem Kellerloch sein!« Nun begann erst einmal ein großes Erzählen, sie schilderten dem Sultan ihre Erlebnisse und machten sich dann wieder an ihre Arbeit. Nach einiger Zeit wurde der Verschlußstein zur Seite geschoben, und an einem Seil wurde für beide Wesire das Abendbrot heruntergelassen. Der Sultan erhielt nichts. Die beiden Wesire setzten sich jeder in eine Ecke und begannen, ihr Abendbrot zu verzehren. Der Sultan schaute verdutzt auf sie und sagte dann: »Ihr eßt, und ich soll zuschauen? Ich habe riesigen Hunger, denn ich habe seit heute mittag nichts mehr gegessen!« Doch jene erwiderten: »So ist es nun einmal im Kellerloch, Herr! Wer nicht arbeitet, bekommt auch nichts zu essen, und wer arbeitet, bekommt nur soviel zu essen, wie er erarbeitet hat! Wir können dir nichts abgeben, denn wir haben sehr schwer zu arbeiten. Warte bis morgen, dann wirst auch du Arbeit und Essen haben!« So mußte der Sultan, ob er wollte oder nicht, seinen Wesiren beim Essen zuschauen, selbst jedoch die Nacht hungrig zubringen. Am nächsten Morgen öffnete die schöne Frau den Verschlußstein, ließ

die für die beiden alten Insassen, die Wesire, bestimmte
Wolle hinunter und für den Neuankömmling eine Karde
und ebenfalls eine Menge Wolle. Da sprachen die beiden
Wesire zum Sultan: »Komm, Herr, so ist nun einmal Allahs
Wille, karde mit uns, sonst bekommst du nichts zu essen
und nichts zu trinken!« Der Sultan aber rief die schöne
junge Frau und bat, sie sprechen zu dürfen. Zuerst erschien
die Dienerin, die nach einigem Zögern ihre Herrin herbei-
holte. Diese sprach zum Sultan: »Nun, Herr, hat es Euch
bei mir nicht gefallen? Was wünscht Ihr?« Der Sultan
schaute angestrengt nach oben, dann faßte er sich Mut und
sprach: »Höre, ich bin ein Sultan, und seit ich meine Augen in dieser Welt geöffnet habe, habe ich weder gearbeitet, noch gelernt, so hart zu arbeiten oder karg zu essen!«
Die schöne Frau schaute ihn spöttisch an und sagte:

»Wer sich verläuft, den führe nicht!
Den Blinden laß im Bangen!
Wer Ruß mit seinen Händen mengt,
Schwärzt sich die eignen Wangen!

Hättet Ihr nicht selbst all das, was passierte, heraufbeschwo-
ren, so hätte Euch Allah nicht hierhergeführt! Aber eins
will ich wissen, und sagt mir die Wahrheit, denn ich bekomme sie ohnehin heraus, habe ich euch doch in meiner
Gewalt, was hat euch eigentlich hierhergeführt? Woher
wußtet ihr von mir und strengtet euch so an, auch nur
zwei Stündchen bei mir zubringen zu dürfen?« Seufzend
entgegnete der Sultan: »Dein Bild war es, dein wunderschönes Bild auf einer Schnupftabakdose!« – »Woher hattet
Ihr das Bild, großer Sultan?« fragte die schöne Frau drohend. Die Wesire stotterten ein wenig herum, und auch
der Sultan wollte nicht sofort antworten, statt dessen zog
er die Dose aus seiner Gewandtasche, die schöne Frau ließ

einen Faden hinab, der Sultan band sie daran, und sie zog die Dose empor. Sofort erkannte sie die Schnupftabakdose ihres Mannes, und ihr Blick wurde sehr drohend. Schneidend fuhr sie fort: »Sagt mir jetzt sofort, wie Ihr in den Besitz dieser Dose gelangt seid, sagt die Wahrheit, denn ich werde es zu überprüfen wissen! Und wenn Ihr nicht die Wahrheit sagt, dann werdet Ihr dieses Kellerloch nie mehr verlassen!« Da blieb dem Sultan nichts weiter übrig, als die ganze Geschichte so ehrlich wie nur irgend möglich zu erzählen: »Sieh, das war so: Der Besitzer dieser Dose war noch nicht lange in meiner Stadt. In der Zeit davor waren sehr viele Betrügereien und Diebstähle vorgekommen, und so hatte ich angeordnet, daß niemand zur Nachtzeit ausgehen darf. Erst nachdem der Muezzin zum Morgengebet gerufen hatte, durfte man die Straße wieder betreten. Nun geschah folgendes: Der Besitzer dieser Dose, dein Mann, ging vor dem Morgengebet auf die Straße, wurde verhaftet und eingekerkert. Da der Richter bei ihm diese Dose fand, sie mir und meinen Wesiren zeigte und wir uns unsterblich in dich verliebten, halten wir deinen Mann im Gefängnis gefangen, um ungestört nach dir suchen und dich gewinnen zu können. Ich weiß, es war nicht recht gehandelt. Aber Allahs Wille ist gerecht, er hat uns bestraft und ins Verderben geführt!«

Nach diesem Geständnis herrschte einige Zeit Stille, dann sprach die schöne Frau: »Nun gut, so ist es bisher gewesen. Noch ist dieses schlimme Abenteuer nicht zu Ende, Sultan. Ich verlange deine und deiner Wesire Unterschrift und Siegelringe. Dann mußt du mir an den jetzigen Herrscher deiner Stadt eine Beglaubigung ausfertigen. In deinem Befehl an deinen Statthalter soll stehen: ›Wer mit diesem Schreiben zu Euch kommt, dem unterwerft Euch bedingungslos, bis ich selbst wieder bei Euch bin! Wer diesen meinen Befehl mißachtet, ist dem Tod verfallen!‹

Das wird genügen. Um meiner Sicherheit willen werdet Ihr jedoch, o Sultan, und ihr, o Wesire, noch ein wenig euer Reich in diesem Keller haben. Ihr werdet von nun an genug zu essen bekommen und braucht nicht mehr zu arbeiten, doch die Freiheit kann ich euch erst geben, wenn ich alles zu einem guten Ende gebracht habe. Und wehe, wenn ihr versucht habt, mich zu betrügen!«

Der Sultan fertigte den verlangten Brief aus, er und die Wesire unterschrieben und siegelten ihn, die Dienerin wurde angewiesen, angemessen für die drei Gefangenen zu sorgen, die schöne Frau aber machte sich reisefertig, mietete ein Schiff und reiste zur Stadt des Sultans ab.

Nach kurzer Zeit und glücklicher Überfahrt langte sie an ihrem Ziel an, kleidete sich besonders prächtig, aber als Mann, ging an Land und sofort in den Palast des Sultans. Dort wies sie dem Statthalter den Brief des Sultans vor, die Wesire verbeugten sich vor ihr, küßten den Brief mit dem Siegel und sprachen: »Der Befehl des Sultans erheischt Gehorsam, gepriesen sei Allah! Du aber, der du den Brief überbrachtest, betrachte uns als deine treuen Diener und übernimm die Regierungsgewalt über diese Stadt.«

So begann die schöne Frau über die Stadt des Sultans zu regieren. Sie ließ den ersten, zweiten und dritten Tag vorübergehen, dann sandte sie die Wesire mit dem Befehl, alle Gefangenen vor sie zu bringen, in die Gefängnisse! So wurden nacheinander alle Gefangenen des Sultans vor sie gebracht, und sie gab allen die Freiheit. Nur ihren Mann ließ sie zurück in den Kerker bringen. Als nun die Nacht gekommen war, rief sie einen Wesir und befahl ihm, jenen Mann, den sie heute zurück in den Kerker hatte bringen lassen, sofort zu holen. Eilfertig wurde ihr Befehl ausgeführt. Ärmlich und abgerissen stand er vor ihr. Nun erkundigte sie sich, was ihn in den Kerker gebracht hatte, und ließ sich noch einmal die ganze Geschichte erzählen. Ihr

Mann erkannte sie gar nicht, zumal er ja nicht vermuten konnte, daß seine Frau mit einemmal Herrscherin in dieser ihm feindlichen Stadt war. Schließlich war sie von seiner Unschuld überzeugt, erstattete ihm all seine Waren und sein Geld zurück, entschädigte ihn für die Kerkerhaft und versprach, einen ihrer Schiffskapitäne zu schicken, der ihn in seine Heimat bringen sollte. Er wurde also in seine hiesige Stadtwohnung entlassen und machte sich reisefertig. Die schöne Frau berief einen vertrauenswürdigen Kapitän zu sich und sprach: »Jener Fremdling, der vorhin bei mir war und lange hier eingekerkert war, muß in seine Heimat zurückgebracht werden. Du sollst diese Aufgabe übernehmen. Wenn ihr alle seine Waren geladen habt und bereit seid, die Anker zu lichten, so unterrichte mich davon!« So geschah es. Der Kapitän meldete, daß alles bereit sei. Da vertraute die schöne Frau ihm an, daß sie heimlich mit seinem Schiff reisen werde, und sie kam in der Nacht auf das Schiff, hatte vorher die Regierungsgeschäfte in die Hände der Wesire zurückgelegt, man lichtete die Anker und spannte die Segel aus, und bald schon war man am Bestimmungsort.

Im Hafen ging die schöne Frau heimlich von Bord, ohne daß ihr Mann etwas bemerken konnte, und bestieg ein kleines Boot, noch ehe irgend jemand sonst an Land konnte. Dann begab sie sich schnell zu ihrem Haus, klopfte ein geheimes Zeichen, und die Dienerin öffnete. Diese erschrak fürchterlich, als sie ihre Herrin in Männerkleidern sah, sperrte den Mund auf und floh ins Innere des Hauses. Die schöne Herrin beruhigte sie jedoch, bat sie, sich zu beeilen und keine Furcht zu haben. Nun kicherte die Dienerin und half ihrer Herrin beim Umkleiden.

Unterdessen verließ ihr Mann das Schiff und lud seine Waren aus. Doch er hatte auch große Sehnsucht nach seiner Frau, so daß er die Beaufsichtigung dieser Arbeit dem Kapitän übertrug und schnell nach Hause eilte. Dort begrüßte ihn seine Frau herzlich und stürmisch und küßte ihn und fragte ängstlich, wo er denn die ganze lange Zeit gewesen sei, und warum er ihr nie eine Mitteilung oder einen Brief habe zukommen lassen. Aber er war sehr erschöpft, und so trank man erst einmal Kaffee, ruhte sich aus, und dann wollte er von seinen Erlebnissen berichten. Während sie nun so dasaßen und sich anschauten, sprach die Frau: »Mein Lieber, ich freue mich, daß du endlich wieder da bist! Ach bitte, laß mich doch ein wenig Tabak schnupfen!« Er zog eine Dose aus der Tasche und reichte sie ihr. Sie schaute sich die Dose genau an und bemerkte, daß es eine andere war. »Wo ist denn die Dose mit meinem Bild?« fragte sie. Da seufzte er tief auf und antwortete ihr: »Das gehört ja in meine Geschichte. Diese Dose ist mir in einer fremden Stadt von verbrecherischen Beamten, von Tyrannen, von einem tyrannischen, gierigen Sultan und seinen Beamten entwendet worden.« Und nun erzählte er ihr nochmals seine ganze Geschichte. Seine junge schöne Frau sprach zu ihm: »Was würdest du mit jenen machen, die dir all dies angetan haben, wenn du sie in deiner Gewalt hättest?« Der Kaufmann antwortete: »Meine liebe Frau, jener, der mich gefangenhielt, ist ein Sultan! Wenn er Tyrannei ausübt, dann wird Allah ihn am Tag der Auferstehung dafür bestrafen, an jenem Tag, wo Allah der Richter und die Engel die Zeugen sind! Da wird er für alles büßen müssen und seine schlechten Diener mit ihm! Es ist nicht meine Angelegenheit, Allahs Amt auszuüben!« Da küßte sie ihn, zog aus ihrem Kleid die richtige Schnupftabakdose hervor und gab sie ihm. Er war ganz erstaunt und bestürmte sie mit Fragen, wie sie in den Besitz dieser Dose gelangt sei. Die schöne Frau lächelte und sprach: »Oh, das ist ganz einfach! Jene, die dich festhielten, kamen hierher und brachten sie mir! Jene, die dir Gewalt antaten, dich einsperrten und betrogen, befinden sich nun in meiner Gewalt und in sicherem Gewahrsam! Nun schau nicht so. Sie sind hier unter uns, in diesem Kellergemach!« Damit nahm sie den Verschlußstein ab, warf ein Hanfseil hinunter und rief: »Bindet euch nacheinander daran fest, dann will ich euch heraufziehen!« So geschah es. Ihren Mann aber hatte sie gebeten, sich so lange zu verstecken, bis alle oben wären und am Tisch säßen. Während der Sultan und seine Wesire mit der schönen Frau am Tisch saßen, ging plötzlich die Tür auf, und jener Mann, den sie eingekerkert hatten, stand vor ihnen, und alle drei kamen fast vor Angst um. Als sich der Mann dem Sultan näherte, begann dieser schnell, hastig und angstvoll zu sprechen: »O Herr, Verzeihung, Verzeihung sollten edle Menschen üben! Rache ist nicht der Menschen Recht. Wenn du uns jetzt für unsere Tat bestrafst, was nützt es dir? Allah könnte dich selbst dafür zur Rechenschaft ziehen! Es stimmt, wir haben dir Böses getan, wir haben dich eingesperrt, bitte, verzeih uns!« Der Mann trat jedoch noch einen Schritt auf den Sultan zu und sagte: »Höre, du bist zwar ein Sultan, doch es ist dir von Allah nur das Recht gegeben, über dein Reich zu verfügen und nur über die in deinem Reich und zu deinem Reich gehörenden Menschen! Aber noch nie hat Allah einem Menschen oder einem Sultan das Recht gegeben, über die Ehefrauen anderer Männer zu verfügen!« Der Sultan stand größte Qualen aus, stockend und ängstlich antwortete er: »Höre, ich bereue wirklich aufrichtig! Du hast recht! Ich habe mich vergangen, ich habe mir Rechte angemaßt, die ich nicht hatte und nicht habe! Sei groß-mütig und verzeihe mir!« Auch die beiden Wesire bekann-ten ihren Teil der Schuld, und ihnen allen wurde verzie-hen. Da trat der Sultan vor und sprach, während er auf die schöne Frau zuging und sie auf die Stirn küßte: »Allah vergebe mir! Er möge dich zu meiner Tochter in dieser und in jener Welt machen!« Daraufhin zogen der Sultan und die beiden Wesire die Schlüssel zu ihren Läden hervor, die sie hier gemietet hatten, und übergaben sie der schönen Frau. Sie sprachen zu ihr: »Alles dies ist dein rechtmäßiger Besitz! Denn es ist recht und billig, daß wir wieder gutmachen, was wir gefehlt haben!« Dann fertigte der Sultan ein Schreiben aus, worin jener Frau jährlich eine große Summe zugestanden wurde, die ihr, solange sie lebte, aus der Schatzkammer des Sultans gezahlt werden sollte. Nun versöhnte man sich bei einem guten Essen endgültig, dann begleitete der Kaufmann den Sultan und seine Wesire auf jenes Schiff, mit dem er hergekommen war, sie verabschiedeten sich in Frieden, wünschten sich ein herzliches Lebewohl und flehten den Segen Allahs aufeinander herab.

Hier endete die Geschichte der Sineddur.

Niemand entgeht seinem Schicksal

Es war einmal ein Mann, der mit der Tochter seines Onkels verheiratet war. Beide waren schon als Kinder zusammen aufgewachsen, wohnten immer in einem Haus, begegneten einander in Achtung und liebten sich aufrichtig.
Der Vater des jungen Mannes hatte einst zu seinem Bruder
gesagt: »Unsere beiden Kinder sind zusammen aufgewachsen, und sie lieben sich. Es ist für alle das beste, wenn wir
sie miteinander verheiraten, denn eine Trennung wäre sehr
schmerzlich für sie und uns, und wir haben in ihnen eine
Stütze im Alter sowie große Freude!« Der Bruder war
einverstanden, sie wurden miteinander verheiratet, doch
leider starben schon nach kurzer Zeit ihre beiden Eltern,
so daß die Liebenden glücklich vereint allein im Haus ihrer
Väter wohnten. Der junge Mann ging jeden Tag in sein
Geschäft und kehrte mittags zum Essen nach Hause zurück.
Nach einiger Zeit merkte er, daß seine Frau die Ange-
wohnheit hatte, nachts im tiefsten Schlaf schwer zu seufzen,
und er glaubte auch Tränen bemerkt zu haben. Die junge
Frau wußte jedoch von alldem nichts. Er begann sich
große Sorgen zu machen und grübelte, was wohl die Ursa-
che ihres Kummers sei, denn sie waren wohlhabend und
hatten genug Geld, um sorgenfrei zu leben.

Eines Morgens, er war gerade in sein Geschäft gekommen, betrat ein alter, weiser Mann seinen Laden, zu dem
der junge Mann Vertrauen hatte und den er um einen Rat
bat. Er sprach zu ihm: »Bitte, hilf mir! Ich habe große
Sorgen, und ich weiß, daß du eine ganze Menge Dinge
kennst, von denen andere Menschen nichts wissen.« Und

er erzählte ihm von seiner jungen Frau und den Sorgen, die er sich ihretwegen machte. Der Alte dachte ein Weilchen nach, dann antwortete er: »Ich will dir einen Rat geben, von dem ich glaube, daß er gut ist. Kaufe dir also einen schwarzen Hammel, der keine Fehler hat und ganz schwarz ist, ohne auch nur ein anderes farbiges Pünktchen. Den nimm mit nach Hause, bringe ihn in dein Zimmer und binde ihn dort an. Wenn dich nun deine Frau nach deinem etwas seltsamen Verhalten fragt, dann sage ihr nur, daß es ein besonders guter Hammel ist und daß du ihn selbst mästen willst und Angst hast, er könnte dir gestohlen werden. Sie wird es dir glauben, weil sie dir vertraut, und keine weiteren Fragen stellen. Wenn deine Frau aber nun wieder im Schlaf zu seufzen beginnt, dann schlachte den Hammel sofort, schneide ihm sein Herz heraus und lege es auf das Herz deiner Frau. Achte aber darauf, daß deine Frau bei alldem fest schläft, denn wenn sie aufwacht, ist alles umsonst gewesen. Ich habe nämlich die Gewißheit, daß nur ein Herz über ein anderes Herz dir eine verläßliche Nachricht bringen kann!« Der junge Mann bedankte sich herzlich bei dem Alten, ging auf den Viehmarkt, kaufte einen fehlerlosen, ganz schwarzen Hammel und brachte ihn nach Hause. Als er ihn an der Schlafzimmertür festband, wunderte sich seine Frau zwar, doch sie vertraute ihrem Mann und erkannte seine Gründe an. Am Abend, nachdem sie gemeinsam ins Bett gegangen waren, blieb der junge Mann hellwach liegen, während seine Frau einschlief und in tiefer Nacht, wie schon so oft vorher, tief zu seufzen begann. Schnell stand er auf, schlachtete den Hammel und tat, wie ihm der Alte gesagt hatte. Kaum hatte er das Herz des Hammels auf das Herz seiner Frau gelegt und sie hatte wieder zu seufzen begonnen, da sprach das Herz des Hammels zum Herzen der Frau, und der Mann konnte hören, was da gesprochen wurde. Das Herz des Hammels sprach: »Warum bist du so bedrückt und seufzt so tief, daß man deine Sorgen und Schmerzen spürt?« Das Herz der jungen Frau antwortete: »Warum sollte ich nicht seufzen und wehklagen, wenn ich an mein Schicksal denke! Mein Körper wird unsagbare Demütigung erfahren, und dies macht mich traurig!« Das Herz des Hammels bat, ihm doch zu sagen, was für Schrecknisse die junge Frau erleiden würde, und das Herz der Frau sprach: »Ach, mein Körper wird betteln gehen müssen und fremden Männern zu Willen sein, und ich werde in einem öffentlichen Bade erniedrigende Dienste leisten müssen!« Damit verstummte es, und auch das Herz des Hammels verstummte. Der junge Mann war nun sehr beunruhigt und machte sich noch größere Sorgen. Zuerst räumte er schnell im Zimmer auf, nahm das Hammelherz von seiner Frau und tat es zu dem geschlachteten und ausgebluteten Tier und legte sich dann zu kurzem und sorgenvollem Schlaf nieder.

Als die junge Frau am nächsten Morgen erwachte, fragte sie erstaunt, warum er den Hammel, den er doch mästen wollte, so überraschend geschlachtet habe. Er antwortete: »Ach, es geschah ein Mißgeschick. Der Hammel wollte gerade sterben, als ich wach wurde, da habe ich ihn schnell geschlachtet, damit wir wenigstens keine Einbuße haben!« Damit war die junge Frau zufrieden. Er trug ihr nun noch auf, zum Mittagsmahl und zum Abendbrot Hammelfleisch zuzubereiten, und begab sich bedrückt in seinen Laden. Als er mittags nach Hause kam, war er nur noch unruhiger geworden, und seine Frau bemerkte dies, als sie ihm das Mittagessen auftrug. Doch auf ihre Fragen nach dem Grund seines seltsamen Verhaltens wollte er nicht antworten. Da erklärte sie ihm: »Wenn du mir jetzt nicht den Grund sagst und also kein Vertrauen mehr zu mir hast, dann liebst du mich auch nicht mehr. Mir bleibt dann keine andere Wahl, als mich zu töten oder dich und dieses

Haus für immer zu verlassen! Ich tue es, bei Allah, und es sind nicht nur leere Worte und faules Gerede, denn ich liebe dich so sehr, daß es mir das Herz bricht, wenn du kein Vertrauen mehr zu mir hast!« Als er nun sah, daß sie es sehr ernst meinte, erzählte er ihr, was ihm in der Nacht das Herz des Hammels über ihr Herz und ihr Schicksal offenbart hatte. Sie nahm seine Worte ruhig und gefaßt auf und sprach: »Mach dir keine schweren und belastenden Gedanken. Iß nur ruhig dein Mittagessen! Wie könnte ich dich verlassen, wo ich nirgends einen besseren Mann finden werde als dich. Du bist gesund, was soll uns also passieren? Sei nur ganz ruhig!« Da wurde er ruhiger, aß und ging dann wieder in sein Geschäft.

Kaum war die junge Frau allein, als sie zu grübeln anfing und dachte: ›O mein Leben, mein schönes Dasein und mein mögliches Schicksal! Sollte ich wirklich je auf diese Stufe sinken, betteln und meinen Körper fremden Männern verkaufen zu müssen? Wenn es wirklich so kommen wird, dann will ich lieber jetzt gleich dem ein Ende bereiten und sterben!‹ Daraufhin nahm sie eine Wäscheleine und hängte sich an der Decke ihres Hauses auf. Als ihr Mann wie gewohnt gegen Abend nach Haus kam, fand er sie nur noch tot vor. Er schnitt sie ab, legte sie aufs Bett und weinte bitterlich. Auch machte er sich große Vorwürfe, daß er ihr das alles erzählt hatte, wo er doch mit einigem Geschick eine passende Ausrede hätte erfinden können, um so das größte Unglück, nämlich ihren Tod, zu verhindern. In tiefer Trauer ging er zum Leichenbestatter des Stadtviertels, bestellte eine Leichenwäscherin und Sänger und ließ eine prächtige Beerdigung vorbereiten.

Nachdem er sie begraben hatte und die Leute wieder nach Hause zurückgekehrt waren, ließen sich zwei vom Himmel gesandte Vögel auf ihrem Grab nieder und sprachen: »Oh, warum willst du deinem Schicksal entfliehen,

Allahs Wille wird doch geschehen, denn niemand kann seinem Schicksal entgehen!« Diese Vögel waren in Wirklichkeit zwei Engel, die Allah auf die Erde gesandt hatte, um das Schicksal in sein Recht einzusetzen. Sie öffneten also das Grab der Frau, und siehe da, die eben begrabene Frau schlug die Augen auf und war sehr erstaunt, als sie sich in einem Grab wiederfand. Da sie keine andere Kleidung hatte, wickelte sie sich in ihr Leichentuch und bedeckte so ihre Blöße, stand auf und verließ das Grab, denn so war es Allahs Wille. Sie konnte natürlich nicht zu ihrem Mann oder ihrem Haus zurückkehren, denn für die Welt war sie ja tot. Also ging sie auf die Straßen und in die Basare und fing, da sie großen Hunger hatte, zu betteln an. Sie sprach die Vorübergehenden an: »O seid mildtätig zu einer armen Frau und gebt mir etwas um Allahs willen!« So erfüllte sich die erste Voraussage, sie mußte betteln gehen, um sich am Leben zu erhalten. Der eine gab ihr eine Karubbe, ein anderer zwei, ein dritter ein halbes Brötchen. So kam sie schließlich an die Tür eines Frauenbades. Sie trat in den Hausflur ein und sagte ihr Sprüchlein, um von der Besitzerin etwas zu erbetteln. Die Badehausbesitzerin blickte sie an und sprach: »Meine Tochter, du bist ein so junges und schönes Mädchen, warum mußt du betteln gehen? Du kannst doch auf eine bessere und angenehmere Weise deinen Lebensunterhalt verdienen! Es sei denn, du hast ein Gelübde getan, daß du betteln mußt! Wenn dem aber nicht so ist, so könnte ich dir eine Stellung verschaffen, denn du gefällst mir, so daß du dein gutes Auskommen hättest und nicht mehr betteln müßtest!« Die junge Frau erwiderte: »Mir hat es Allah so bestimmt, doch wenn du mir etwas Gutes tun willst, mich bei dir behältst, mir Kleidung und Obdach gibst, so gilt der Spruch: Wer jemandem etwas Gutes tun will, der braucht nicht lange zu fragen!« So wurde die junge Frau schließlich eine der

Gehilfinnen der Besitzerin des Frauenbades, blieb bei ihr und hatte ihr Auskommen. Eines Tages nun kam jene Frau, die die jungen Mädchen im Geigenspiel unterrichtete, nach dem Unterricht ins Bad, um sich dort zu waschen und zu erholen. Mit einem Mal erblickte sie die schöne, junge Frau unter den anderen, viel häßlicheren Gehilfinnen, und da sie ihr gefiel, bat sie diese, sie zu bedienen, und fand ihren Umgang sehr angenehm. Sie fragte also die Besitzerin des Bades nach der Herkunft der schönen jungen Frau und wie sie Gehilfin im Bad geworden wäre. Die Besitzerin antwortete: »Sie ist eine Fremde. Ich habe sie aus Mitleid und weil sie bettelte, was sie doch bei Allah nicht nötig hat, bei mir aufgenommen!« Die Musiklehrerin drängte die Besitzerin, die junge Frau zu ihr kommen zu lassen, damit sie diese im Geigenspiel unterrichten könne. Außerdem würde sie schon für ihren Lebensunterhalt sorgen, es brauche sich also niemand Sorgen zu machen. Die Badehausbesitzerin willigte unter der Bedingung in den Vorschlag ein, daß auch die junge Frau einverstanden sei. Dann rief sie diese zu sich, teilte ihr alles mit und fügte hinzu: »Ich kann dir nur raten, mit jener Musiklehrerin zu gehen, sie wird dich unterrichten, und du wirst es bei ihr sehr gut haben!« Die junge Frau war einverstanden und schickte sich in den Willen Allahs. Die Musiklehrerin unterrichtete sie zwar im Lauten- und im Geigenspiel, gleichzeitig war sie jedoch auch eine geriebene Kupplerin, und wenn irgendwelche Männer zu ihr kamen und dieses oder jenes Mädchen begehrten, dann befahl sie jenen Mädchen, ihnen zu Willen zu sein. Und so kam es, daß auch diese Voraussage eintraf und die junge Frau ihren Körper fremden Männern zum Beischlaf zur Verfügung stellen mußte und diese Erniedrigung erduldete.

Nun möge sich die Erzählung wieder zu dem jungen Mann wenden. Lange hatte er um den unwiederbringlichen

Verlust seiner lieben Frau getrauert und allen gesagt, daß er nie wieder eine Frau nehmen werde. Doch nachdem einige Jahre ins Land gegangen waren, die Trauer und der Schmerz nicht mehr so heftig und er selbst der Ehelosigkeit überdrüssig war, zumal seine Freunde und Bekannten ihn immer wieder aufforderten, doch wieder zu heiraten und nicht so dahinzuvegetieren, faßte er den Entschluß, noch einmal zu heiraten. Er fand auch ein Mädchen, das ihm gut gefiel, begann um sie zu werben, hatte schließlich Erfolg, und die Hochzeitsvorbereitungen begannen. Da er nun die Trauer ablegen wollte, wünschte er sich für seine zweite Hochzeit auch einen prächtigen Rahmen, bestellte Lauten- und Geigenspieler und -spielerinnen, damit sie das Fest verschönerten. Zuerst bat er die Musikmeisterin zu sich, um mit ihr Einzelheiten zu besprechen und sich ein Bild von der Meisterschaft ihrer Schüler zu machen, denn der Preis mußte ausgehandelt werden. So kam denn die Musiklehrerin und Kupplerin in Begleitung einiger Schülerinnen, unter denen sich auch seine frühere Frau befand. Man setzte sich zum Kaffee nieder, aß Gebäck, und schließlich begannen die Musikantinnen zu zeigen, was sie konnten. Unter anderem stand auch jene junge Frau auf und sang. Doch was sang sie?

»Dies Haus ist mein Haus, das Bett ist mein Bett,
Das Ehelager ist meines, doch mein ist nicht mehr diese
    Stätte!«

So sang sie und weinte bitterlich. Der Mann aber erkannte ihre Stimme sofort wieder und rief: »Meine Frau ist doch tot, ich selbst habe sie begraben! Wie kommt das? Diese junge Frau hier ist ihr so ähnlich, weiß ich aber doch, daß niemand ihr ähnlich sein könnte in Gestalt und Stimme? Es muß Allahs Wille sein, der mir diese Musikerin ins Haus geführt hat!« Und gleich darauf bat er sie, für immer bei ihm zu bleiben. Das junge Mädchen aber, das er hatte heiraten wollen, schickte er mit vielen Entschuldigungen und guten Wünschen zu ihrem Vater zurück und ließ diesem zur Begründung ausrichten: »Verzeihe mir wegen meiner schwankenden Haltung, aber siehe, ich habe soeben meine geliebte Base und Frau wiedergefunden, und es ist nicht rechtmäßig, wenn deine Tochter in meinem Hause lebt!« Dann schickte er alle Leute fort und feierte die Brautnacht mit seiner Base, wieder als neuer Bräutigam mit einer neuen Braut.

Die schlechte Gewohnheit

Es war einmal ein Beduine, zu dem ein unverhoffter Gast kam. Schnell schlachtete er zwei Hühner und gab sie seiner Frau, damit diese ein gutes Essen koche. Doch die Frau war sehr naschhaft, und während sie kochte, hatte sie die Hühner fast aufgegessen.

Der Mann mußte aber noch eine dringende Besorgung erledigen und wollte zum Essen wieder zurückkehren.

Der Sohn trat an den Herd zur Mutter und bettelte schon vorher um ein Stückchen Fleisch. Schließlich gab sie ihm, mehr war nicht mehr übrig, einen Hühnerhals zum Abknabbern. Da greinte der Knabe und wollte mehr haben.

Die Mutter versetzte ihm eine Ohrfeige und sagte: »Laß endlich von dieser scheußlichen Gewohnheit ab, die dir dein Vater beigebracht hat!«

Der Gast hörte dieses Gespräch mit an und fragte: »Was ist denn das für eine schlechte Gewohnheit?«

Die Frau antwortete: »Ach, sein Vater hat die Gewohnheit, wenn ein Gast mit ihm ißt, diesem beide Ohren abzuschneiden, sie dem Knaben zu braten und ihm zu essen zu geben. Das hat er schon von seinem Vater so gelernt!«

Da bekam es der Gast mit der Angst zu tun, nahm schnell seine Schuhe vom Zelteingang, zog sie an und stahl sich hinaus. Gerade als er vom Zelt weglief, kam der Beduine wieder zurück. Da fing jener fürchterlich zu rennen an.

Der Mann fragte seine Frau, warum der Fremde weglaufe, und sie log ihm vor, jener hätte die Hühner aus den Töpfen gestohlen und laufe nun mit ihnen weg!

Der Beduine rannte sogleich hinter dem Mann her und rief: »Gib eines her, das andere kannst du behalten!«

Der Fremde dachte, es ginge um seine Ohren, und rief zurück: »Nein! Nur wenn du mich einholst, dann kannst du sie alle beide haben!«

Die drei Muhammeds

Es war einmal ein Mann, der hatte drei Söhne, und alle drei hießen Muhammed. Als dieser Mann sich nun zu sterben anschickte, da kamen ihm, als er sein Leben überdachte, Zweifel, ob wirklich alle drei seine Söhne wären. Von Zweifeln geplagt, stöhnte er, als er auf dem Totenbett lag: »Muhammed soll erben, Muhammed soll erben, und Muhammed soll nicht erben!«

Als der Vater nun begraben und anständig beerdigt worden war, ließen die Söhne noch zwei Wochen vergehen und machten sich dann daran, das Erbe aufzuteilen. Sie blickten einander an und wiederholten die Worte des Vaters, die dieser auf dem Totenbett gesprochen hatte: »Muhammed soll erben, Muhammed soll erben, und Muhammed soll nicht erben!« Wer aber nun welcher Muhammed sei, darüber konnten sie sich nicht einigen. So zogen sie schließlich vor den Richter. Doch auch der Richter konnte diesen Streitfall nicht entscheiden und verwies sie an den Kadi Hiddi, der ein sehr weiser Mann war. Da empfahlen sie sich Allah und begaben sich auf die Reise. Als sie die Straße zum Kadi Hiddi entlangzogen, kamen sie an einen Rastplatz für Kamele. Deutlich waren frische Spuren zu sehen. Der erste der Brüder blickte auf und sprach: »Das Kamel, das hier gewesen ist, ist einäugig!« Der zweite schaute auf die Spuren und sagte: »Das Kamel, das hier gestanden hat, hat keinen Schwanz!« Der dritte schaute aufmerksam umher und sagte dann: »Die Last, die das Kamel trug, war zweigeteilt. Auf der einen Seite war etwas Süßes, auf der anderen etwas Saures!«

Während sie nun weiter ihres Weges zogen, begegnete ihnen der Besitzer jenes Kamels, dessen Spuren sie gesehen hatten und das ihm davongelaufen war. Er wandte sich an die drei Brüder und fragte sie, ob sie ein Kamel gesehen hätten. Der erste schaute auf und fragte: »Dein Kamel ist einäugig?« Der Mann bejahte es. Der zweite fragte: »Dein Kamel hat keinen Schwanz?« Wieder bestätigte es der Mann. Da sagte der dritte: »Dein Kamel trägt auf der einen Seite süße und auf der anderen saure Last?« Da sprach der Mann: »Ja, so ist es. Also, ihr habt es gesehen, denn ihr habt mir alle seine Merkmale gesagt! Wo ist es? Habt ihr es bei euch oder wo?« Die drei Muhammeds antworteten: »Du irrst dich, wir haben dein Kamel nicht, wir haben es noch nicht einmal gesehen!« Das wollte der Mann ihnen nicht glauben, und er wollte sie an der Weiterreise hindern. Die Brüder sprachen aber zu ihm: »Wir können nicht hierbleiben, denn wir wollen gerade zum Kadi Hiddi, wenn du uns nicht glaubst, so komm doch mit uns!« Damit war der Mann einverstanden und zog mit ihnen.

Bald waren sie beim Kadi angelangt, und der Mann, der sein Kamel suchte, trat zuerst vor und sprach: »Höre, o Kadi, mein Kamel befindet sich in der Gewalt dieser jungen Leute hier, und sie leugnen dies und wollen es mir nicht wiedergeben!« Der Kadi ließ sich erst von dem Mann erzählen, warum er so eine Beschuldigung erhob, dann wandte er sich an die drei Muhammeds und forderte sie auf zu berichten. Diese riefen Allah als Zeugen an, daß sie das Kamel nicht in ihrer Gewalt hätten, ja es noch nicht einmal gesehen hatten. Da fragte sie der Kadi Hiddi, woher sie dem Mann dann die Merkmale seines Kamels hätten sagen können, und der erste erwiderte: »Ich sah, daß das Gras nur auf einer Seite des Platzes, wo es sich gelagert hatte, abgefressen war, und schloß daraus, daß es einäugig sei.« Der zweite antwortete: »Wenn das Kamel mistet, wedelt es mit seinem Schwanz den Mist auseinander. Da aber der Mist nicht verteilt und in die Breite gestreut war, vermutete ich, daß es keinen Schwanz habe und daher einen Haufen zurückgelassen hat!« Nun sprach der dritte: »O Kadi, es ist ganz einfach. Auf der Seite, auf der ich die saure Ladung vermute, schwärmten über der heruntergetropften Flüssigkeit Schwärme von Mücken; auf der anderen, wo ich vermute, daß das Kamel eine süße Ladung trägt, summten viele Fliegen!«

Der Kadi hörte diese Antworten, überdachte sie und wandte sich an den Besitzer: »Nun sag du uns, wie dein Kamel beschaffen ist!« Jener antwortete: »Es ist in der Tat so, wie diese jungen Leute es beschrieben haben: Es ist einäugig, hat keinen Schwanz und trägt auf der einen Seite Essig, auf der anderen Honig!« Da sagte der Kadi: »Du weißt, wie dein Kamel aussieht und welche Last es trägt! Nun geh es suchen. Diese jungen Leute haben mit deinem Kamel nicht das mindeste zu schaffen, sie sind nur sehr klug und aufmerksam und haben alles aus den sichtbaren Spuren gelesen!«

Dann wandte sich der Kadi Hiddi den drei Muhammeds zu und befragte sie, warum sie ihn aufgesucht hätten. Die Brüder entgegneten: »Herr, als unser Vater starb, sprach er seltsame Worte, die wir nicht richtig deuten können. Er sagte: ›Muhammed soll erben, Muhammed soll erben, und Muhammed soll nicht erben!‹ Wir können nun nicht entscheiden, wer erben und wer nicht erben soll, denn wir tragen alle drei den Namen Muhammed!« Der Kadi sagte zu ihnen: »So schnell kann auch ich euch keine Antwort geben. Seid für heute meine Gäste und übernachtet bei mir. Morgen will ich euren Streit schlichten.« Danach ließ er sie in das obere Stockwerk seines Hauses kommen, rief seinen Hirten herbei und befahl ihm, für die Gäste ein Lamm zu schlachten. Der Hirte schlachtete also ein Lamm, zog es ab, nahm es aus und brachte es zum Haus des Kadis, damit dieser es für die Gäste braten lassen könne. Als es fertig war, ließ es der Kadi den drei Muhammeds zum Abendessen auftragen, kam aber nicht selbst, um mit ihnen zu essen, sondern blieb draußen vor der Zimmertür stehen, um ihre Gespräche zu belauschen. Einer von den Brüdern sah auf und sagte: »Dies hier ist kein Lammfleisch, sondern Hundefleisch!« Ein anderer sprach: »Die Frau, die das Abendbrot zubereitet hat, ist krank!« Der dritte aber rief: »Der Kadi ist ein unehelicher Sohn!« Darüber waren die beiden anderen empört, wiesen ihn mit scharfen Worten zurecht und wollten genau wissen, aus welchem Grund der dritte so etwas sagen könne. Der Gefragte erwiderte: »Wer ein Essen auftragen läßt und nicht mit seinen Gästen ißt, der ist stets ein uneheliches Kind!«

Der Kadi hatte ihr Gespräch belauscht, dann ging er weg, um einige Erkundigungen einzuziehen. Zuerst fuhr er den Hirten an: »Wie kommst du dazu, wenn ich dich bitte, mir für meine Gäste ein Lamm zu schlachten, einen Hund abzustechen?« Doch der Hirte erwiderte: »O nein, Herr, ich habe Euch nicht betrogen! Ich habe ein Lamm geschlachtet, ich schwöre es bei meinem und deinem Haupt! Aber es ist etwas anderes: Als das Lamm, das ich heute geschlachtet habe, noch sehr jung war, starb seine Mutter, und es wurde von einer Hündin gesäugt.« Dann begab er sich in die Küche und fragte: »Wer von euch hat heute das Abendbrot für meine Gäste zubereitet?« Eine von den Frauen trat vor und sagte: »Ich, Herr, habe das Essen zubereitet!« Da sprach der Kadi zu ihr: »Du bist unwohl?« Verschämt gab sie ihm zur Antwort, daß dies richtig sei.

Danach eilte er zu seiner Mutter, ergriff sie, zog seinen Dolch, warf sie zu Boden und sprach mit schrecklicher Stimme: »Sage mir sofort die Wahrheit, sonst töte ich dich auf der Stelle: Wer war in Wirklichkeit mein Vater?« Ängstlich blickte seine Mutter auf den Dolch, dann in sein entschlossenes Gesicht und antwortete angstvoll: »Mein Sohn, dein Vater war schwach, er konnte kaum mit mir Beischlaf halten, geschweige denn dich zeugen. Wir hatten damals hier einen Fleischer, ein prachtvoller Mann, der sehr gut aussah und in allen Beziehungen seine Stärke unter Beweis stellte. Er brachte uns immer das Fleisch, weißt du. Es wurde nun durch Allahs Willen bestimmt, daß ich schwach wurde, seinem Verlangen nachgab und mit ihm ins Bett ging. Kurz darauf war ich schwanger und brachte dich zur Welt!« Da ließ der Kadi tief erschüttert seine Mutter los und ging in sein Zimmer, um nachzudenken und zu schlafen. Am nächsten Morgen eröffnete er die Gerichtssitzung und fing an, die Brüder zu befragen, wie sie zu ihren Bemerkungen während des Abendessens gekommen seien, was ihre Gründe waren, dies oder das zu sagen. Der erste Muhammed antwortete: »Lammfleisch hat keine Fasern, das Fleisch, das wir vorgesetzt bekamen, hatte aber Fasern, genau wie Hundefleisch!« Der zweite antwortete, nachdem ihn der Kadi gefragt hatte: »Die Krankheit erkannte ich einzig und allein daran, daß das Essen ungesalzen war. Ein Mensch, der sich nicht wohl fühlt, vergißt leicht etwas und mag auch kein Salz!«

Den dritten Muhammed fragte der Kadi aber nicht, wie er zu seinem Urteil gekommen war, sondern wandte sich sofort der eigentlichen Streitsache zu. Er sprach: »Der Spruch eures Vaters ›Muhammed soll erben, Muhammed soll erben, und Muhammed soll nicht erben‹, bezieht sich auf die ehelichen Söhne sowie den unehelichen. Ihr beide, die ihr mir geantwortet habt, ihr seid die ehelichen und erbberechtigten Söhne eures Vaters! Du aber, dritter Muhammed, bist unehelich und deshalb nicht erbberechtigt! Damit ist euer Streitfall entschieden!« Doch nun erhob der dritte Bruder Protest und verlangte zu wissen, welche Gründe er, der Kadi Hiddi, hätte, um ihn als unehelichen Sohn anzusehen. Der Kadi Hiddi schaute den dritten Muhammed ruhig an und sagte: »Einen unehelichen Sohn kann nur ein unehelicher Sohn herausfinden!«

Die Listen des Abu Nowas

Der Pelz

Eines Tages war Harun al-Raschid besonders guter Laune und daher sehr freigebig. Als er Abu Nowas erblickte, ließ er einen Pelz holen und rief ihn zu sich. Abu Nowas kam, und Harun al-Raschid schenkte ihm den kostbaren Pelz.

Nun war Abu Nowas ganz ausgelassener und fröhlicher Stimmung, er hüpfte die Stufen des Palastes hinunter und ging heiter auf der Straße spazieren.

Da kam er an dem Haus eines Wesirs vorüber, dessen Frau aus dem Fenster schaute und den fröhlichen Abu Nowas bemerkte, der einen kostbaren Pelz, der ihr sofort in die Augen stach, umgelegt hatte. Schnell beauftragte sie eine Sklavin, Abu Nowas ins Haus zu bitten und zu ihr heraufzukommen. Die Sklavin richtete die Bitte ihrer Herrin aus, und Abu Nowas ging zu ihr und entbot ihr seinen Gruß. Die Wesirsfrau fragte ihn gierig: »Sag, Abu Nowas, woher hast du diesen herrlichen Pelz?« Er antwortete: »Den hat mir heute unser Sultan höchstpersönlich geschenkt! Ich habe nämlich heute einen Glückstag.« Da schmeichelte ihm die Wesirsfrau und sagte: »Ach, lieber Abu Nowas, willst du mir nicht diesen Pelz schenken? Schau, wie gut er mir stehen würde!« Abu Nowas überlegte einen kleinen Augenblick, dann sagte er lächelnd: »Nun, darüber läßt sich reden. Du bist jung und hübsch, und ich habe schon lange kein so hübsches Weib mehr geküßt! Wenn du mir also gestattest, dich zu küssen, dann soll dir der Pelz gehören!« Sie entgegnete: »Wenn du nicht bereit bist, einen anderen Preis zu fordern, dann muß es wohl so sein! Lege den Pelz ab und küsse mich, es ist Allahs Wille!« Dies ließ sich Abu Nowas nicht zweimal sagen, legte den Pelz ab und küßte sie lange und ausgiebig. Als er sich endlich satt geküßt hatte, verabschiedete er sich und ging wieder auf die Straße.

Doch während er die große Treppe hinabschritt, fing er an, sich Sorgen zu machen. Er dachte: ›Was sage ich bloß dem Sultan, wenn er mich nach dem Pelz fragt?‹ Mit einem Mal sah er die Sklavin, die ihn hereingebeten hatte, und bat sie um Wasser. Sie brachte ihm sofort das Verlangte, und als er es ausgetrunken hatte, stellte er sich absichtlich unvorsichtig an und zerbrach das kostbare Glas. Dann setzte er sich auf die Stufen und weinte. Und während er so weinend dasaß, kam der Wesir von einer Sitzung nach Hause und bemerkte ihn. Er trat auf ihn zu und fragte, was ihm fehle. Abu Nowas antwortete: »Ach, Herr, Schreckliches ist mir passiert! Als ich an deinem Haus vorbeikam, hatte ich schrecklichen Durst und bat um ein Glas Wasser. Man brachte es mir, doch ich zerbrach das kostbare Glas. Deswegen hat man mir meinen Pelz, den ich heute vom Sultan geschenkt bekam, weggenommen!« Der Wesir war über diese Unhöflichkeit sehr erbost und befahl der Sklavin, Abu Nowas sofort seinen Pelz zurückzugeben. Die Sklavin wagte jedoch schüchtern zu bemerken: »Mein Herr, wie könnt Ihr diesem Mann glauben, er ist doch nicht ganz richtig im Kopf!« Da sah Abu Nowas kurz auf, trat auf die Sklavin zu und sagte zu ihr: »Du hast recht, ich habe zu ihm in meiner Geistesschwäche gesprochen, wenn du willst, kannst du ihm den Sachverhalt mit klarem Verstand erzählen!« Da lachte das Mädchen über die Listigkeit des Abu Nowas, ging schnellstens zur Herrin, brachte den Pelz, und Abu Nowas hatte nur etwas gewonnen, nichts verloren bei dem Handel.

Der gemeinsame Tod des Abu Nowas und seiner Frau

Nachdem seine Frau gestorben war, begab sich Abu Nowas zum Sultan Harun al-Raschid, klagte, weinte und jammerte: »O Herr, soeben ist meine Frau gestorben! Was soll nun aus mir werden, wenn ich ganz allein bin in der Welt?« Der Sultan sagte einige beruhigende Worte und fügte als Trost hinzu: »Mein lieber Abu Nowas, du bist traurig, aber deine Trauer wird bald vorübergehen, wenn ich dir sage, daß ich dir eine von meinen Sklavinnen schenken werde!« Genau das hatte Abu Nowas bezweckt, und überreichlich bedankte er sich.

Harun al-Raschid begab sich nach den Audienzen zu seiner Gemahlin und teilte ihr den Tod der Frau des Abu Nowas mit und auch, daß er ihm zum Trost eine von seinen Sklavinnen schenken wolle. Subida, die Frau des Sultans, bedauerte Abu Nowas aufrichtig und sprach: »Nein, das hat der Arme wirklich nicht verdient! Aber ich habe eine Sklavin, die wohl zu ihm passen würde, die nett, hübsch und freundlich ist. Wir sollten ihm Nur-Essbach zur Frau geben!« Der Sultan war damit einverstanden, Nur-Essbach wurde gerufen und man teilte ihr mit, daß sie an einen Mann verschenkt worden sei. Neugierig erkundigte sich Nur-Essbach, wer es denn wäre, und erhielt die Auskunft, daß sie die Frau des Spaßmachers des Sultans, Abu Nowas', werden solle. Damit war sie einverstanden und machte sich bereit, zu Abu Nowas zu gehen. Subida hatte das Mädchen auch gern, und so schenkte sie ihr zum Abschied prächtige Kleider. Der Sultan sandte inzwischen nach Abu Nowas, und der erschien auch bald. Er erhielt vom Sultan einen königlichen Anzug und tausend Goldstücke. Dann wandte sich Harun al-Raschid zum Vorhang, der das Gemach in zwei Hälften teilte, und sprach zu seiner

Gemahlin Subida, die sich zusammen mit Nur-Essbach dahinter aufhielt: »Liebe Subida, ich habe Abu Nowas soeben mit einem königlichen Anzug und mit tausend Goldstücken beschenkt, ich bitte dich, gib auch du deiner bisherigen Sklavin etwas mit in die Ehe mit Abu Nowas.« Subida hatte diese Worte bereits erwartet, und sie schenkte Nur-Essbach noch drei Gewänder, die sie selbst sonst trug, goldene Schmucksachen, schmale und breite Armreifen und Brustplatten, duftende Essenzen und Ambra, seidene Schuhe, die mit kleinen runden und länglichen Perlen besetzt waren, sowie fünfhundert Goldstücke. Dann forderte Subida Abu Nowas auf, zu ihr zu kommen und Nur-Essbach, seine Braut, in Empfang zu nehmen. Dies geschah, der Sultan erklärte ihre Ehe für gültig geschlossen, und fröhlich kehrte Abu Nowas mit Nur-Essbach, seiner schönen, jungen und neuen Frau, in sein Haus zurück. Mit dem Geld konnten und wollten beide nicht haushalten, sie gaben es in kürzester Zeit mit vollen Händen aus. Schließlich mußte er den Schmuck und die kostbaren Kleider seiner Frau verkaufen, um weiter wie bisher lustig und maßlos schwelgen zu können. Doch irgendwann war auch dieses Geld aufgebraucht, und er mußte mit Nur-Essbach allein unter einem dünnen Bettuch schlafen. Da sprach Abu Nowas zu seiner Frau: »Jetzt ist endgültig alles vertan! Alle unsere Mittel, ob Geld, ob Gut, sind erschöpft! Wir müssen etwas unternehmen, denn so können wir nicht leben, und betteln auf der Straße will ich nicht. Wenn ich aber jetzt wieder zum Sultan gehe und sage. ›Herr, das Geld ist alle‹, dann schickt er mich mit Ermahnungen wieder fort und wird sagen: ›Ich hatte dir doch so viel Geld gegeben! Sieh zu, wo du welches herbekommst!‹ Ich halte es für besser, wenn du, Nur-Essbach, zu Subida gehst, tüchtig jammerst und bettelst, dann wirst du schon etwas bekommen!« Doch Nur-Essbach erwiderte: »O nein, mein Abu Nowas, das

Geldbeschaffen ist deine Angelegenheit! Du bist doch sonst so listig und klug, nun laß dir was einfallen!« Abu Nowas überlegte ein Weilchen, dann hatte er einen prächtigen Einfall, seine Frau wünschte ihm gutes Gelingen, und er ging geradewegs in den Palast des Sultans. Dort war eine Gerichtssitzung im Gange, und der Sultan sprach Recht. Abu Nowas streute sich, während er die Treppen zum Saal heraufstieg, etwas Pfeffer in die Augen, daß diese sich röteten und Tränenbäche über sein Gesicht liefen. Als der Sultan ihn so elend erblickte, fragte er mitleidig: »Was hast du, Abu Nowas?« Der erwiderte: »Ach Herr, großes Unglück ist heute geschehen. Meine liebe Frau, Nur-Essbach, ist soeben gestorben!« Nun heulte er gewaltig los. Der Sultan war erschüttert und sagte: »Nun, fasse dich. Du weißt doch, wir alle müssen sterben! Preis sei Allah, der ewig ist!« Doch Abu Nowas sprach weiter: »Mein Herr, noch etwas anderes Schlimmes ist geschehen, ich habe kein Geld, um sie in Ehren begraben zu können, ich kann keine Sänger engagieren, keinen Leichenwäscher bezahlen!« In der Bestürzung wunderte sich der Sultan nicht weiter, und er wies seinen ersten Wesir, Dschafar, an, Abu Nowas hundert Goldstücke für die Beerdigung zu geben. Dschafar gab Abu Nowas das Geld, der nahm es und eilte sofort, natürlich in froher Stimmung, nach Hause. Nur-Essbach erwartete ihn ungeduldig und wollte genau wissen, wie es ausgegangen war. Abu Nowas sprach zu ihr: »Nun, es ging alles gut. Alle bedauerten mich, am meisten der Sultan, und er gab mir Geld. Ich habe hundert Goldstücke für deine Beerdigung erhalten! Doch das ist nicht sehr viel, wenn auch besser als gar nichts. Ich habe aber noch eine Idee. Am klügsten ist es, wenn du dich sofort zu Subida begibst. Kleide dich in Sackleinwand, dann wird sie Mitleid mit dir empfinden. Wenn sie dich fragt, was passiert ist, dann sagst du, dein Mann Abu Nowas ist soeben gestorben, und du hast kein Geld, um ihn zu begraben! Wenn sie, was wahrscheinlich ist, nach ihren Geschenken und dem vielen Geld fragt, denn Frauen vergessen so etwas nicht so schnell, dann sagst du einfach, ich hätte alles durchgebracht und deine Sachen alle vor meinem Tod verkauft!«

Nur-Essbach gefiel dieser Vorschlag, sie kleidete sich schnell um und ging scheinbar ganz gebrochen zu Subida. Sie spielte ihre Rolle so gut, daß Subida ihr alles glaubte, sie bedauerte, ihr zweihundert Goldstücke schenkte, damit sie den bedeutenden und treuen Diener ihres Gemahls in Ehren bestatten könne. Schnell kehrte Nur-Essbach nach Hause zurück. Abu Nowas war hocherfreut über die Talente seiner Frau und sprach zu ihr: »Paß auf, wenn sich jetzt, nach der Gerichtssitzung, der Sultan zu Subida begibt, wird es ein ganz hübsches Streiten und Zanken geben. Denn jeder wird behaupten, zu wissen, wer gestorben ist! Wir werden uns hier in der Zwischenzeit vergnügen und in aller Ruhe die Wunder Allahs in dieser Welt betrachten!«

Harun al-Raschid eilte mit seiner traurigen Botschaft zu Subida und sagte: »Weißt du schon, daß die Frau des Abu Nowas gestorben ist?« Subida schaute ihn spöttisch an und erwiderte: »Aber, aber, mein lieber Mann, du bist ja ganz durcheinander! Soeben war Nur-Essbach bei mir, es ist kaum eine Stunde her, und erzählte mir, daß Abu Nowas gestorben ist. Ich habe ihr Geld gegeben, damit sie ihn wenigstens anständig bestatten kann!« Harun al-Raschid behauptete jedoch hartnäckig, daß Nur-Essbach gestorben sei, während Subida dabei blieb, daß Abu Nowas tot sei. Schließlich wurde dem Sultan die Streiterei zuviel, und er befahl dem obersten Türsteher, zur Wohnung des Abu Nowas zu gehen und nachzusehen, ob dort ein Mann oder eine Frau gestorben sei. Der Türsteher begab sich sofort auf den Weg. Abu Nowas, der bereits ahnte, daß eine Überprüfung erfolgen würde, saß mit Nur-Essbach am Fenster, und sie sahen, wie der Türsteher des Sultans in ihre Gasse einbog. Schnell gingen sie ins Innere der Wohnung, Nur-Essbach legte sich auf den Rat ihres Mannes auf das Bett, und Abu Nowas breitete ein Bettuch über sie, wie man es bei einem Toten macht. Inzwischen war der Türsteher eingetreten und kam auf Abu Nowas zu. Der ging ihm entgegen und weinte bitterlich. Der Türsteher hatte Mitleid und fragte: »Was ist geschehen, Abu Nowas?« Der erwiderte: »Komm mit und sieh selbst! Meine liebe junge Frau, Nur-Essbach, ist tot!« Damit führte er ihn in die oberen Zimmer. Dort lag Nur-Essbach und hielt den Atem an. Traurig blickte der Türsteher auf die vermeintliche Leiche und rief: »O Allah, alle sind wir sterblich! Die Gnade Allahs sei über ihr!«

Dann begab sich der Türsteher schnellstens wieder in den Palast und ging zu Harun al-Raschid und Subida. Dort berichtete er, daß er Nur-Essbach habe tot daliegen sehen, Abu Nowas aber in tiefer Traurigkeit lebend! Subida regte sich auf und beschimpfte den Türsteher: »Du redest deinem Herrn ja nach dem Munde und belügst mich schamlos! Du warst gar nicht im Hause des Abu Nowas! Schande über euch beide! Ich werde das Haus jetzt überprüfen lassen!« Damit rief sie den Obereunuchen Baba Srur herbei und erteilte ihm den Auftrag, ins Haus des Abu Nowas zu gehen und ihr wahrheitsgemäß zu berichten, wer von den Gatten tot sei.

Als der Obereunuch in die Gasse einbog, in der Abu Nowas und Nur-Essbach wohnten, wurde er sofort gesehen, und Abu Nowas legte sich hin, und Nur-Essbach deckte ihn mit dem Laken zu. Der Eunuch stieg die Treppe zu den Schlafgemächern empor und wurde von der weinenden Nur-Essbach empfangen. Sie sprach: »O Baba Srur, Schreckliches ist geschehen! Mein lieber Mann, Abu

Nowas, ist heute verstorben!« Baba Srur zog das Bettuch vom Kopf der vermeintlichen Leiche, Abu Nowas hielt den Atem an und bewegte nicht einmal die Augenlider, und so sah ihn der Obereunuch lautlos und reglos daliegen wie tot. Er begab sich sofort in den Palast zurück, um dem Sultan und seiner Herrin Bericht zu erstatten. »Mein Sultan, ich kann bezeugen, daß Abu Nowas tot ist, denn ich sah ihn mit eigenen Augen tot daliegen!« Harun al-Raschid wurde immer aufgebrachter und bezichtigte alle der Lüge. Doch dann sagte er zur Palastwache: »Bringt für mich, meine Gemahlin und den Obereunuchen sofort einen leichten Wagen!« Der Befehl wurde prompt ausgeführt, und alle drei stiegen ein und fuhren, so schnell die Pferde konnten, zur Wohnung des Abu Nowas.

Das Pärchen war mittlerweile wieder von den Toten auferstanden und war sehr fröhlich über den geglückten Streich, als sie die leichte Kutsche des Sultans in schneller Fahrt herankommen sahen. So schnell sie konnten, legten sich beide hin, deckten sich mit dem Bettuch zu und hielten, als sie die drei die Treppe heraufkommen hörten, den Atem an. Der Sultan, Subida und Baba Srur traten in das Schlafgemach und fanden die beiden Gatten gerade hingestreckt, mit einem Bettuch bedeckt. Harun al-Raschid entblößte ihr Gesicht, und sie sahen so starr und leblos aus, als wären sie schon gestern gestorben. Alle wunderten sich sehr, und der Sultan sprach: »Wer mir dies Wunder erklären kann, ich kann es nicht verstehen, dem gebe ich mit Freuden tausend Goldstücke!«

Kaum hatte er zu Ende gesprochen, als sich Abu Nowas kerzengerade aufrichtete und dem verwunderten und erschrockenen Sultan zurief: »Gib mir das Geld, o Harun al-Raschid! Dein Diener Abu Nowas ist ein armer Teufel! Steh zu deinem Wort, her damit! Es war alles nur ein Spaß!« Da verflog der Schreck im Nu, und Harun al-Raschid und Subida, sogar Baba Stur lachten lauthals, und auch Nur-Essbach richtete sich auf und lachte. Harun al-Raschid aber stand zu seinem Wort und schenkte Abu Nowas tausend Goldstücke, und auch Subida gab ihnen noch Geld. Dann wollte er aber noch genauere Aufklärung haben, und Abu Nowas erzählte ihm, daß sie kein Geld mehr gehabt hatten und befürchteten, auf Geldbitten angewiesen zu sein, und wie er da den Einfall mit dem Tod des Ehegatten gehabt habe!

Harun al-Raschid lächelte, schüttelte den Kopf über so viel List und sagte: »Bravo, mein lieber Abu Nowas. Du bist mit Recht mein Spaßmacher. Ein so listiger und netter Streich wie dieser ist mehr als tausend Goldstücke wert!«

Die Verwandlung

Es war einmal ein frommer und rechtgläubiger Muslim, der gern nach Mekka pilgern wollte. Schon lange hatte er diesen Wunsch gehabt, doch nun sollte endlich dem Wunsch die Tat folgen. Da er aber sehr reich war und zwei riesige Krüge voll Goldstücke sein eigen nannte, überlegte er, wem er diese Krüge während der Zeit seiner Abwesenheit am besten zur Aufbewahrung übergeben könnte. Da fiel ihm ein, daß er unter seinen Bekannten und Freunden auch einen Juden hatte, einen Schneider. Der erschien ihm ziemlich zuverlässig, doch da er ein sehr mißtrauischer Mensch war, wollte er zwar Vertrauen haben, aber nicht zuviel, und so füllte er oben auf die Goldstücke warmes Schmalz, ließ es abkühlen und hatte nun den Hals der Krüge fest verschlossen und sicher. Denn daß er Schmalz oben hineinfüllte, kam davon, daß er wußte, daß Juden kein Schmalz essen dürfen. So konnte er sicher sein, daß die Krüge den Schneider nicht sonderlich interessieren würden. So hergerichtet, brachte er sie nun zum Juden und bat ihn, darauf achtzugeben, solange er auf Pilgerfahrt sei. Dann reiste er ab.

Eines Tages begann die Frau des Juden das Haus von oben bis unten zu scheuern und stieß dabei unabsichtlich mit dem Besen ziemlich hart an den Tonkrug, der zerbrach, und die Goldstücke rollten auf dem Boden umher. Sie rief sofort ihren Mann, der ebenso wie sie erstaunt war, einen solchen Schatz zu sehen. Sie untersuchten den anderen Krug und fanden auch dort Goldstücke. Der Jude war kein Dummkopf, ärgerte sich zudem über das Mißtrauen des Muslims, ersetzte die beiden zerbrochenen Krüge durch neue, nahm die Goldstücke heraus und legte sie in einen Kasten. Die Krüge aber füllte er von unten bis oben mit Schmalz.

Als der Mekkapilger heimgekehrt war, sich in seinem Haus ein, zwei Tage ausgeruht hatte, ging er zum Juden, um seine beiden Krüge abzuholen. Bereitwillig erhielt er sie und bedankte sich, da er das Schmalz obenauf unversehrt sah. Doch wie groß war sein Erstaunen und sein Schrecken, als er mit der Hand durch das Schmalz fahren wollte, nach den Goldstücken tastete und nichts weiter als Schmalz fühlte. Sofort lief er zurück und sagte: »Du mußt mir die falschen Krüge gegeben haben, denn in diesen Krügen ist etwas anderes als das, was ich hineintat!« Der Jude musterte ihn und sprach: »Was erzählst du da! Das sind deine Krüge, oder hast du mir nicht zwei Krüge, in denen Schmalz war, zur Aufbewahrung gegeben?« Der Pilger rief: »Das ist richtig und falsch, denn nur obenauf war Schmalz, ansonsten waren sie mit Goldstücken gefüllt, in diesen hier ist aber nur Schmalz!« Der Jude erwiderte: »Was heißt hier Goldstücke, wir beide haben gesehen, daß in den Krügen Schmalz war. Du weißt ganz genau, daß wir kein Schmalz essen, was sollte ich also an deinen Krügen zu schaffen gehabt haben? Vielleicht hat sich während deiner Pilgerfahrt der Inhalt verwandelt!« Jetzt wurde der Pilger wütend und beschimpfte den Juden, ein Dieb zu sein, der verwahrte sich, der Streit wurde immer hitziger, schließlich begaben sich beide zur Gerichtsverhandlung des Sultans Harun al-Raschid.

Der Mekkapilger führte die Klage und berichtete, nachdem er den Sultan aufgefordert hatte, das Gesetz des Propheten aus sich sprechen zu lassen, den ganzen Hergang. Als der Jude befragt wurde, blieb er dabei, von alldem nichts zu wissen, von dem Pilger nur Krüge, die, wie er selbst gesehen habe, mit Schmalz gefüllt waren, erhalten zu haben, und was sonst noch darin gewesen sei, wisse er nicht. Und er blieb bei seiner Behauptung, daß, seien wirklich Goldstücke darin gewesen, was er nicht wisse, diese sich vielleicht verwandelt hätten. Der Sultan konnte der letzten Bemerkung nur hinzufügen: »Allah, der gepriesen sei, hat Macht zu allem!« Und zu dem Pilger gewandt, sprach er: »Geh wieder nach Hause, mein Sohn. Ich kann hier kein Recht sprechen, kann dir kein Recht verschaffen, weil ich nicht entscheiden kann, so wie die Dinge liegen, wer von euch die Wahrheit sagt!« Da ging der Pilger bekümmert nach Hause, er war zwar nicht gerade arm geworden, aber sein Geld war ein Stück seiner Leber! Als er so kummervoll durch die Straßen trottete, begegnete ihm Abu Nowas, und der sprach, da er bekümmerte Leute nicht mochte und ihnen lieber helfen wollte, ihren Kummer zu vergessen, zu dem Pilger: »Was ist mit dir, Freund?« Der Pilger sagte: »Mein Geld hat ein Jude verschlungen!« Abu Nowas sprach: »Wie konnte das geschehen? Wenn wir handelseinig werden, dann will ich dir dein Geld schon wiederverschaffen!« Das hörte der Pilger mit Wohlgefallen, und er bot ihm zweihundert Goldstücke, wenn es ihm gelänge, das Geld zurückzuholen, und Abu Nowas war einverstanden. Dann ließ er sich die Geschichte in allen Einzelheiten erzählen und überlegte.

Abu Nowas hatte einen Bekannten, der Christ war und ein Maler dazu. Manchmal malte er die Leute auch nicht, sondern fotografierte sie. Zu jenem ging nun Abu Nowas und bat ihn, den jüdischen Schneider zu fotografieren und ihm die Fotografie zu geben. Der Maler fotografierte den Juden heimlich, ging dann nach Hause und malte nach der Fotografie ein lebensgroßes Bild von jenem. Es war so gut gemalt, daß man meinte, der Jude darauf lebte wirklich, es gab nichts, was daran auszusetzen wäre, es war nichts zuviel und nichts zuwenig. Dann unterrichtete er Abu Nowas, daß das Bild fertig sei und er es abholen könne. Nachdem dies geschehen war, ließ Abu Nowas den Mekkapilger rufen, zeigte ihm das Bild und fragte: »Gefällt es dir?« Der Gefragte erwiderte: »Schon, schon, doch was soll ich damit? Wie soll ich damit mein Geld wiederbekommen?« Doch Abu Nowas ermahnte ihn, ihm zu vertrauen, und trug ihm auf, einen gelehrigen Affen zu kaufen.

Der Pilger kaufte also einen Affen und brachte ihn zu Abu Nowas. Der nahm den Affen, setzte ihn dem Bild gegenüber hin, nahm dann einen Stock und prügelte wie wild auf den Affen los. Zwar hielt er den Affen mit der anderen Hand fest, doch bald schmerzten die Hiebe so sehr, daß der Affe sich losriß, jenen Mann auf dem Bild erblickte und sich schnell dahinter verbarg. Immer, wenn der Affe hinter das Abbild des Juden geflohen war, prügelte ihn Abu Nowas nicht weiter, so daß er dort Schutz suchte und fand. Nach langer Zeit war der Affe so dressiert, daß er immer, wenn ihn Abu Nowas schlagen wollte, hinter den jüdischen Schneider, den das Bild darstellte, floh. Nun wandte sich Abu Nowas wieder an den Pilger und sprach zu ihm: »Paß auf. Du mußt jetzt wieder Freundschaft mit dem Juden schließen. Besuche ihn regelmäßig und sei freundlich zu ihm, damit er dir vertraut. Bring nie die Rede auf das Geld, denn sonst schöpft er Verdacht. Wenn sich nun aber die Gelegenheit ergeben sollte, daß du mit seinem kleinen Sohn allein bist, so stiehl diesen auf der Stelle, bring ihn hierher zu mir, und dann wird dein Geld schon wieder zu dir gelaufen kommen!«

Der Pilger hielt sich an alle Ratschläge Abu Nowas', frischte die Freundschaft wieder auf, redete nie mehr von dem Geld, und das alte Vertrauen stellte sich wieder ein. Eines Tages nun, als er mit dem Juden zusammen Kaffee trank, wurde dieser zu einer wichtigen Besorgung in die Stadt gerufen. Er bat den Pilger, auf den kleinen Jungen achtzugeben, und versprach, bald wiederzukommen. Dann eilte er in die Stadt.

Kaum war er jedoch verschwunden, als der Pilger sich schnell den Knaben griff, ihn unter den Arm nahm und zu Abu Nowas eilte. Dieser gab ihm statt des Jungen den Affen mit und sagte: »Geh schnell wieder in den Laden des Schneiders zurück und setze den Affen genau dorthin, wo vorher der Junge gesessen hat. Unterwegs kaufe noch ein halbes Brot sowie eine Unze Schmalz, und iß mindestens zwei Scheiben Brot mit Schmalz, aber bevor der Jude nicht zurück ist, darfst du es nicht ganz aufessen! Wenn er dich dann fragt, wo sein Sohn sei, dann zeige ruhig auf den Affen und sage, daß dort sein Sohn sitze. Der Jude wird dich für verrückt halten, doch achte nicht darauf. Wenn er nun wissen will, wie aus dem Jungen ein Affe geworden ist, dann kannst du ihm erzählen, daß du Schmalz gegessen hast, der Junge dich so lange bedrängt hat, bis du ihm auch eine Scheibe Schmalzbrot gabst, und er, nachdem er das Brot gegessen hat, verwandelt wurde! Füge noch hinzu, daß du vermutest, daß es deshalb passierte, weil den Juden Schmalzessen verboten sei und der Knabe dieses Gebot übertreten habe, als er Schmalz anstelle von frischer Butter aß!«

Schnellstens begab sich der Pilger mit dem Affen, dem Brot und der Unze Schmalz wieder in den Laden des Juden zurück, setzte den Affen auf den Platz des Knaben und wartete auf den Schneider. Der trat ein, dankte dem Pilger und blickte sich suchend nach seinem Sohn um. Nirgends konnte er ihn entdecken, und so fragte er nach ihm. Der Pilger zeigte auf den Affen und sagte: »Da ist dein Sohn!« Der Jude rief: »Beim lebendigen Gott, was ist mit ihm? Wieso ist mein Sohn ein Affe geworden? Was soll das heißen?« Und nun antwortete ihm der Pilger genauso, wie Abu Nowas es ihm geraten hatte.

Da begann der Jude zu schreien und lief sofort in den Palast, um beim Sultan Klage zu führen. Harun al-Raschid begab sich in den Gerichtssaal und ließ den Juden als Kläger sprechen. Der erzählte den Hergang, und was ihm der Pilger gesagt hatte, als er statt seines Sohnes jenen Affen erblickte. Daraufhin wurde der Pilger befragt, und er sagte, was ihm Abu Nowas geraten und er auch schon dem Juden gesagt hatte. Dieser Jude fuhr ihn jedoch an und nannte ihn einen Lügner: »Seit unser Herr Jesus auf Erden gewesen, ist keine Verwandlung mehr vorgekommen!« Ernst blickte der Sultan auf den Juden und sagte: »Das ist allerdings sehr richtig, mein Sohn!« Hier wandte sich plötzlich Abu Nowas an den Sultan und sprach zu ihm: »Herr, wäre es nicht besser, wenn wir erst einmal den Affen herholen ließen? Wir könnten ja feststellen, ob der Affe den Juden erkennt und ihn umarmt, dann wird er wohl trotzdem sein Sohn sein; wenn dies jedoch nicht passiert, dann ist er auf keinen Fall sein Sohn!« Der Sultan fand diesen Vorschlag vortrefflich, und sofort ging man den Affen holen. Als man den Affen in den Gerichtssaal brachte, bat Abu Nowas, daß sich alle Anwesenden ohne Ausnahme in einer Reihe hinstellten, damit der Affe wirklich eine Entscheidung zu treffen habe. Während nun die anderen sich an der einen Seite des Saales aufstellten, der Jude und der Pilger waren mitten unter ihnen, sah Abu Nowas den Affen so grimmig an, als wenn er ihn gleich durchprügeln wollte. Da bekam der Affe große Angst, riß sich von den Dienern los und flüchtete schreiend an den Männern entlang, bis er zum Juden kam und diesem um den Hals fiel. Dort klammerte er sich fest und ließ sich, sosehr sich der Jude auch bemühte, nicht abschütteln. Da sprach der Sultan: »Wohlan, nimm deinen Sohn und bringe ihn nach Hause. Dies Zeugnis haben wir alle gesehen!« Der Jude wurde aber störrisch und sagte: »Du selbst hast es mir bestätigt, o Sultan! Es gibt keine Verwandlungen mehr!« Da wandte sich plötzlich Abu Nowas an den Juden und sagte: »Nanu, wie kommst du denn darauf. Hier ist deine schriftlich verbürgte Aussage über eine Verwandlung! Denn hast du nicht selbst vor einiger Zeit ausgesagt, daß die Goldstücke jenes Pilgers, die er dir zur Verwahrung gegeben hatte, sich verwandelt hätten? Wenn Allah nun simple Goldstücke in Schmalz verwandeln kann, warum sollte er dann nicht auch einen Menschen verwandeln können? Also fort mit dir! Nimm deinen ›Sohn‹ und geh mit ihm nach Hause!«

Da mußte der Jude wohl oder übel den Affen mit sich nehmen und ihn als seinen Sohn nach Hause tragen. Auf der Straße holte ihn der Pilger ein und sagte: »Paß gut auf auf deinen Affen! Gib hübsch acht! Aber ich will dir etwas sagen, was deinen Sohn betrifft: Dieser befindet sich bei mir in sicherem Gewahrsam, und ich werde ihn von nun an in den Kerker sperren. Außerdem werde ich ihm ab heute täglich fünfhundert Hiebe aufzählen lassen, und ich lasse mir auch noch einige andere Peinigungen einfallen. Es sei denn, du gibst mir meine beiden Krüge mit den

Goldstücken zurück, doch sei gewiß, ich zähle nach, und kein einziges Goldstückchen darf fehlen. Wenn du auf mein Angebot nicht eingehen willst, dann kann ich deinem Sohn auch Fleischstückchen aus dem Körper schneiden lassen und sie ihm braten, damit er sie selbst aufißt! Wie wäre es, wenn wir uns einigen könnten?«

Da beeilte sich der Jude, obwohl auch seine Leber unter dem Verlust der Goldstücke sehr litt, dem Pilger all sein Gold zurückzugeben, und er erhielt dafür seinen Sohn zurück.

Dschuhas Abenteuer

Onkel Jachja

Dschuha kam einst zum Sultan Jachja. Dieser mochte den Dschuha sehr, und da er ihm etwas Gutes erweisen wollte, sprach er eines Tages zu ihm: »Verlange, was du dir auch wünschen magst! Es wird dir erfüllt werden!« Dschuha antwortete nach kurzem Überlegen: »Wenn ich mir wünschen kann, was ich will, dann wünsche ich mir folgendes: Jeder, der Jachja heißt, soll mir einen Piaster geben; wer schon am frühen Morgen vor dem Morgengebet ausgeht, ebenso; wer auf die Worte seiner Frau hört, ebenso; wer einen langen Bart hat, ebenso; und wer auf dem Kopf aussätzig ist, ebenso!« Der Sultan lachte über diesen sonderbaren Wunsch, doch da er versprochen hatte, alles zu erfüllen, gab er den Befehl, die Sonderrechte dem Dschuha schriftlich auszufertigen, damit jeder, der die Unterschrift und das Siegel des Sultans sähe, sich dessen Befehl beuge und Dschuha seine Rechte wahrnehmen könne.

Nachdem das Schriftstück fertiggestellt und unterschrieben war, nahm Dschuha es an sich und verließ den Palast.

Eines Morgens begab sich Dschuha zu einem der vier Stadttore, noch lange vor dem Morgengebet, gerade im ersten Morgengrauen. Mit einem Mal sah er einen Beduinen, der Reisig und Brennholz in die Stadt bringen wollte, auf sich zukommen.

Als er nahe genug war, hielt ihn Dschuha an und forderte von ihm einen Piaster. Der Beduine schaute ihn selbstbewußt an und sagte: »Weshalb und warum soll ich dir einen Piaster geben?« Dschuha erwiderte: »Es gibt einen Befehl des Sultans, daß jeder, der am frühen Morgen vor dem ersten Morgengebet ausgeht, mir einen Piaster zu zahlen hat!« Der Beduine kratzte sich am Kopf und entgegnete: »Ach, hätte ich bloß nicht auf meine Frau gehört!« Sofort unterbrach ihn Dschuha und forderte einen weiteren Piaster. Nun wurde der Beduine zornig und schrie: »Geh mir aus dem Weg! Laß mich in Ruhe, von mir bekommst du keinen einzigen Piaster! Und wenn du mich nicht gleich unbehelligt ziehen läßt, du Irgendwas, dann kannst du diesen Stock in der Hand des Hadsch Jachja zu kosten bekommen!« Dschuha erwiderte ruhig: »Drei Piaster!« Der Beduine stampfte mit dem Fuß auf, und sie begannen fürchterlich zu streiten. Der eine rief: »Gib mir meine Piaster!«, der andere schrie: »Nicht einen einzigen bekommst du!« Schließlich wurde ihre Auseinandersetzung handgreiflich, und sie begannen sich zu prügeln. Bei diesem Kampf wurde der riesige Bart des Beduinen sichtbar, und ungerührt rief Dschuha: »Nicht drei, sondern vier Piaster will ich von dir!« Doch der Beduine dachte nicht daran, irgend etwas zu zahlen, und so prügelten sie sich eifrig weiter, dabei verrutschte das Kopftuch, und Dschuha sah, daß der Kopf mit Aussatz bedeckt war, und er forderte sofort fünf Piaster. Der Streit wurde so heftig, daß die Wachen auf sie aufmerksam wurden, hinzukamen, beide festnahmen und vor den Sultan führten.

Sultan Jachja wandte sich zuerst an Dschuha und sprach: »Was hat das alles zu bedeuten, mein Sohn? Ich kenne dich gar nicht als Raufbold und Krakeeler!« Dschuha antwortete: »O Sultan, darum geht es nicht: Dieser Mann hier, mit dem ich mich um mein Recht und Eigentum geprügelt habe, weist alle Merkmale auf, die wir in jenem Befehl festgehalten haben. Ihr habt mir schriftlich gegeben, daß ich von den Aussätzigen, den Lange-Bärte-Tragenden, den

Zu-früh-Aufstehenden, den Auf-die-Worte-ihrer-Frau-Hörenden und allen, die Jachja heißen, für jedes dieser Merkmale einen Piaster zu erhalten habe. Dieser Mann hat sich geweigert, obwohl er in allen fünf Fällen zahlen muß, daher rührte unser Streit und die Prügelei!« Doch der Sultan Jachja schüttelte über Dschuha nur den Kopf und sprach zu dem Beduinen: »Geh nur ruhig nach Hause! Du bist ein armer Mann und eigentlich hierhergekommen, um etwas Geld durch den Verkauf deines Reisigs zu verdienen. Dschuha, dieser Wirrkopf, hat dich abgehalten! Verzeih, und nun geh in Ruhe wieder an deine Arbeit!« Dann gab er ihm noch ein kleines Geldgeschenk, um ihn zu versöhnen und die ausgefallene Zeit wieder ein wenig gutzumachen.

Dschuha schmollte und war unzufrieden mit dem Sultan, und da er eine sehr bissige Zunge hatte, sagte er: »Es mangelt doch auch einem jeden, der Jachja heißt, an Verstand!« Nun wurde der Sultan erst recht zornig, und je mehr er sich über Dschuha ärgerte, desto mehr reizte ihn dieser. Schließlich schrie ihn der Sultan an: »Bei Allah, wenn du mir nicht jemand auftreiben kannst, der Jachja heißt und dem es wirklich und offensichtlich an Verstand mangelt, dann lasse ich dich unbarmherzig köpfen!« Dschuha entgegnete nur: »Gib mir hundert Piaster und neun Tage Zeit!« Sultan Jachja gab ihm das Geld und ließ Dschuha für neun Tage frei.

Er verließ sofort den Palast und eilte zum Schafsmarkt. Dort kaufte er einen hübschen weißen Hammel, brachte ihn nach Hause, färbte ihn mit roter Farbe und trieb ihn zum Basar der Gewürzkrämer. Er fragte einen der umstehenden Händler, ob es hier bei ihnen einen gebe, der Jachja heißt. Der angesprochene Mann erwiderte: »Ja, dort der Mann in jenem Laden heißt Jachja!« Da trieb Dschuha seinen roten Hammel zu dem Bezeichneten, trat ein, sprach den Gruß, und der Gewürzkrämer antwortete freundlich: »Der Friede sei über Euch! Seid willkommen, was kann ich für Euch tun?« Dschuha sprach: »Du bist Jachja, der Gewürzkrämer?« Jener erwiderte: »Ja, gewiß, Herr!« Nun stellte sich Dschuha großspurig hin und sprach: »Ich habe dir ein großes Geschenk mitgebracht!« Der Krämer staunte nicht schlecht und erkundigte sich, wem er das Geschenk zu verdanken habe. Da fuhr Dschuha fort: »Diesen Hammel hier sendet dir der Erzengel Gabriel!« Da geriet der Alte ganz aus dem Häuschen und rief: »Lob sei Allah, der sich meiner erinnert und mir einen Hammel durch den Erzengel Gabriel sandte!« Er nahm ehrfurchtsvoll den Hammel entgegen, bedankte sich noch viele Male, schloß den Laden und führte das Tier nach Hause.

Ein Weilchen vertrieb sich Dschuha anderweitig die Zeit und ließ Jachja in Ruhe. Doch nach einer Woche, in der er ihn beobachtet und sich von seiner Einfalt völlig überzeugt hatte, ging er wieder zu ihm. Als er den Gewürzladen betrat, erkannte ihn der Alte sogleich und begrüßte ihn äußerst freundlich. Dschuha nahm jedoch eine strenge Miene an und sprach: »Komm her, ich muß dir etwas anvertrauen, was ein Geheimnis zwischen uns sein soll!« Als der Alte näher gekommen war, sprach er: »Höre, ich bin der Engel Asrael, und heute nacht wird mich Allah zu dir senden, um deinen Geist zu sich zu holen!« Da erschrak Jachja fürchterlich und fragte angstvoll, was er denn verbrochen habe, daß er heute nacht vor den Richterstuhl Allahs geführt werden solle. Dschuha erwiderte: »Du magst etwas verbrochen haben oder nicht, das ist ganz gleichgültig. Allah hat es beschlossen, und es wird ausgeführt! Wer vor seinem Ende steht, der muß seine Füße langstrecken. Gehe nun und nimm von allen deinen Familienangehörigen, Verwandten und Bekannten feierlich Abschied!« Doch der alte Jachja zeterte und jammerte: »Ich will aber nicht sterben, ich will den Tod nicht!« Dschuha blickte ihn noch strenger an und sprach: »Was soll das bedeuten? Das Geschenk des Himmels, den Hammel, heißt du willkommen, das andere Geschenk, den Tod, willst du nicht? Tu, was ich dir gesagt habe, nimm jetzt dein Leichentuch in die Hand, schließe den Laden und geh nach Haus. Ich selbst werde am Abend zu dir kommen, und zwar zusammen mit den Engeln Michael und Gabriel. Benimm dich also wie ein Mann!« Mit diesen Worten verließ er ihn, und Jachja jammerte über seinen Tod, schloß den Laden und ging nach Hause, sein Leichentuch in der Hand. Er wusch sich und betete mit allen Hausbewohnern zwei Abschnitte und sprach dann: »Niemand soll heute das Haus verlassen, denn ich muß heute nacht sterben!« Er selbst begab sich zu allen seinen Freunden und Bekannten, bat um Vergebung, falls er ihnen etwas Schlechtes angetan haben sollte, und erzählte jedem, daß er heute nacht sterben müsse. Die einen meinten, daß der alte Jachja verrückt geworden sei, die anderen glaubten schon, daß er in seinem Alter die Gabe, die Zukunft sehen zu können, verliehen bekommen habe. Schließlich war Jachja wieder zu Haus, seine Frau und seine Schwiegertochter begrüßten ihn ehrfürchtig, und er bat sie um Verzeihung für alles und legte sich mit seinem Leichentuch auf sein Sterbebett.

Dschuha hingegen begab sich zum Sultan Jachja und sprach: »O Sultan, wie du es verlangt hast, habe ich jemand aufgetrieben, der Jachja heißt und wahrlich einen mangelhaften Verstand besitzt. Ich bitte dich, mit mir zu kommen, damit du dich von der Wahrheit meiner Rede überzeugen kannst!« Da ließ der Sultan zwei Kapuzenmäntel bringen, die er und sein Wesir anzogen, und sie folgten Dschuha in die Stadt. So kamen sie zum Haus des alten Gewürzkrämers Jachja, fanden alle Türen offen und traten um die Zeit des Abendgebetes ein. Dschuha sprach: »Friede sei über dir!« Da erschraken alle weiblichen Familienmitglieder, zitterten am ganzen Körper, flüchteten sich in ein anderes Zimmer und sprachen zueinander: »Das ist der Tod, vielleicht will er auch uns gleich mitnehmen?« Der alte Jachja lag auf seinem Sterbebett und begrüßte sie mit schwacher Stimme. Nun befahl Dschuha, daß er sich ganz ausstrecken solle, wie es bei Toten üblich ist. Jachja tat, was ihm gesagt wurde. Dann mußte er das Glaubensbekenntnis hersagen. Während er dies tat, begann Dschuha, den Alten am ganzen Körper zu zwicken und zu quetschen, fing bei den Zehen an, und als er ihn schließlich tüchtig an den Hals griff, da wurde der alte Jachja vor Angst ohnmächtig. Dschuha bedeckte nun sein Gesicht mit dem Leichentuch, sagte den Angehörigen, daß Jachja tot sei und sie ihn ruhig liegen lassen und am nächsten Tag begraben sollten. Den Sultan und den Wesir aber forderte er auf, mit ihm zusammen das Haus zu verlassen, und bat sie, am nächsten Morgen mit zu dem Begräbnis zu kommen.

Der älteste Sohn des alten Jachja ging am nächsten Morgen aus, holte die Sänger und eine Totenbahre. Man wusch den Alten, hüllte ihn richtig in sein Leichentuch, legte ihn auf die Bahre – denn er war noch immer von einer tiefen Ohnmacht befallen – und zog zum Friedhof. Unter den Leuten, die den Totenzug begleiteten, befanden sich auch Dschuha, der Sultan und der Wesir. Dem Zug entgegen kam ein altes Weib, das Dschuha kannte. Er hatte ihr einige Anweisungen gegeben und ihr aufgetragen, an die Bahre des Toten heranzutreten und ganz bestimmte Worte zu sagen. Dies geschah nun auch. Die Alte trat an die Leichenträger heran und fragte, wen sie denn da trügen. Sie bekam die Antwort, daß es der Gewürzkrämer Jachja sei. Da brachte sie den Zug zum Stehen und rief: »Ach, Allah ist ihm nicht gnädig! Ich kaufte bei ihm ein Pfündchen Ambra, als ich mein einziges Töchterchen verheiraten wollte, da hat mich doch dieser Lump um vier Unzen betrogen!« Dies alles tat sie nur, weil ihr Dschuha ein Goldstück gegeben hatte. Der alte Jachja auf seiner Bahre wußte indessen nicht mehr, wie ihm geschah. Als er an die frische Luft kam und zum Friedhof getragen wurde, war er wohl munter geworden, wagte jedoch nicht, da er ja nicht wissen konnte, wie es ist, wenn man tot ist, sich zu rühren. Mit einem Mal bemerkte er, wie der Zug ins Stocken geriet, und hörte die Worte jener Alten. Da hielt er es nicht länger aus, warf das Leichentuch von seinem Kopf und richtete sich auf: »Du lügst, du altes Weib! Ich bin ein Betrüger? Ich bin ein Dieb? O Allah, wo ist deine Gerechtigkeit!« Die Totenträger ließen die Bahre, als Jachja sich aufrichtete, vor Schreck fallen und flohen, die anderen aber, ihnen allen voran Dschuha, der Sultan und der Wesir, lachten aus vollem Hals über den eingebildeten Tod des Jachja sowie seine Auferstehung!

Dschuha wandte sich an den Sultan und fragte. »Habe ich nun, o Sultan, den Beweis für den mangelnden Verstand der Jachja geliefert oder nicht?« Der Sultan erwiderte: »Ja, das hast du. Ich verzeihe dir! Verlange von mir, was immer du willst!«

Der schwangere Kupferkessel

Dschuha lieh sich einst von seinem Nachbarn einen kupfernen Waschkessel. Den geborgten Kessel behielt er vier oder fünf Tage, ging zum Basar, kaufte dort einen ganz kleinen Kupferkessel, kehrte nach Hause zurück, nahm beide Kessel in die Hand und begab sich zu seinem Nachbarn. Der fragte Dschuha erstaunt: »Was soll ich mit diesem kleinen Kessel? Wo hast du ihn her?« Dschuha erwiderte: »Nun, was schon. Der große Kessel hat den kleinen geboren. Als ich den großen Kessel von Euch holte, war er doch schon guter Hoffnung, und bei mir kam er nieder! Da habe ich dir, weil ich ein anständiger Mensch bin, sowohl den großen als auch den kleinen zurückgebracht!« Der Nachbar fühlte sich geschmeichelt, dankte Dschuha und nahm den kleinen Kessel an.

Eine Woche lang ließ sich Dschuha nicht bei dem Nachbarn sehen, dann ging er aber wieder zu ihm und lieh sich noch einmal den großen Kessel aus. Dschuha nahm nun den Kessel, verkaufte ihn auf dem Basar, verpraßte das erhandelte Geld und kehrte fröhlich wieder nach Hause zurück. Schließlich benötigte der Nachbar selber seinen großen Kessel und kam zu Dschuha, da dieser sich nicht blicken ließ, um ihn selbst wieder abzuholen. Dschuha empfing ihn freundlich, setzte eine traurige Miene auf, als jener seinen Kessel verlangte, und sprach: »Oh, der große Kessel ist gestorben!« Der Nachbar stutzte und fragte: »Wie und wo soll er denn gestorben sein?« Dschuha erwiderte: »Nun, er starb im Wochenbett. Es tut mir sehr leid!« Dies wollte der Nachbar jedoch nicht glauben, so bekamen sie schließlich großen Streit miteinander und gingen vor den Richter. Der Richter forderte den Nachbarn auf, seine Klage gegen Dschuha vorzubringen, und jener sagte: »Dieser Dschuha hat sich meinen Kessel geliehen, ihn dann aber wahrscheinlich verkauft und das Geld verpraßt!« Der Richter wandte sich nun zu Dschuha und fragte ihn nach dem Sachverhalt. Dschuha antwortete: »O nein, Herr, so war es nicht. Der Kessel ist im Wochenbett gestorben!« Dies wollte der Richter natürlich nicht glauben und forderte beide Parteien auf, ihm den ganzen Streitfall mit allen Begebenheiten und Einzelheiten zu erzählen. Der Nachbar ergriff das Wort und berichtete, wie Dschuha sich schon einmal den Kessel geliehen hatte, ihn nebst einem kleinen zurückbrachte und erklärte, diesen kleinen Kessel hätte der große geboren. Dann sei er nach einer Woche wiedergekommen, habe sich abermals den großen Kessel ausgeliehen, und als er ihn zurückfordern wollte, habe Dschuha ihm erklärt, daß der Kessel gestorben sei. Der Richter erkundigte sich bei Dschuha, ob dies soweit richtig wäre, und Dschuha konnte dies nur bestätigen. Nun fragte der Richter, der vor Beginn des Streites Dschuha ermahnt hatte, das, was ihm nicht gehöre, dem Besitzer zurückzugeben, den Nachbarn: »Sag, hast du eigentlich, als Dschuha dir beim ersten Mal zwei Waschkessel brachte, jenen zweiten kleinen Kessel angenommen?« Der Nachbar erwiderte: »Ja, natürlich, warum sollte ich dies nicht tun? So wie er es mir gesagt hatte, war doch der große Kessel sowieso mein Eigentum.« Da entschied der Richter: »Du kannst nichts zurückfordern. Dschuha hat recht, denn was gebären kann, das kann auch sterben!«

Der Wurstregen

Dschuha lebte in ärmlichen Verhältnissen. Jede Nacht schlief er mit seiner Mutter unter einem Tuch, denn sie besaßen keine zwei Bettücher. Jeden Morgen aber, wenn der Muezzin auf das Minarett stieg, um die Gläubigen zum Morgengebet zu rufen, stand seine Mutter auf und legte sich das Tuch um. So mußte Dschuha von da an immer frierend in der Kälte liegen. Eines Tages sprach er nun zu sich: ›Dieser Muezzin ist doch ein nichtswürdiger Mensch! Jeden Morgen, fast noch in der Nacht, stört er mich, und ich muß seinetwegen frieren!‹ Er ersann einen Plan und führte ihn aus: Während der Muezzin zum Gebet rief, stieg Dschuha ebenfalls auf das Minarett, überraschte ihn, schlug ihn, schnitt ihm schließlich den Kopf ab und warf den Kopf in den Brunnen seines eigenen Hauses. Dann ging

Dschuha zu seiner Mutter und erklärte ihr: »Jetzt habe ich dir endlich Ruhe vor diesem ekligen Muezzin verschafft, denn ich habe ihn getötet, ihm den Kopf abgeschnitten und diesen in unseren kalten Brunnen geworfen!« Die Mutter machte sich große Sorgen, als er ihr dies erzählte, ließ sich jedoch nichts anmerken und schickte ihn zu Bett, damit er schlafe, wenn die Leute kämen und eventuell Verdächtige festnähmen. Dschuha folgte ihrem Rat, ging ins Zimmer, legte sich hin, schlief sofort ein, und seine Mutter deckte ihn zu. Dann ging sie in die Küche, holte vorher ihren jungen Hammel aus dem Stall, ein kleines schwächliches Hämmelchen war es, schlachtete ihn und warf den Kopf in den Brunnen. Das Fleisch kochte sie, aus den Innereien aber machte sie kleine Würste. Als die Würste gar waren, ging sie in das Zimmer, in dem Dschuha schlief, rief ihn, weckte ihn und sprach: »Schnell, steh auf, Dschuha, es gibt etwas zu essen! Sieh, ein Wurstregen ist gefallen!« Dabei warf sie die kleinen Würste, die sie gemacht hatte, vor Dschuha auf den Boden. Da es etwas zu essen gab, war Dschuha natürlich sofort wach und aß die Würste mit Begeisterung auf. Weil er nun einmal wach war, stand er auf, ging aus dem Haus und kam in die Moschee. Dort waren viele Menschen versammelt, die ganz aufgeregt waren und zueinander sprachen: »Hast du schon gesehen? Der Muezzin hat keinen Kopf mehr! Wer mag ihn nur getötet haben?« Dschuha lachte, als er sie so reden hörte, und sagte: »Was redet und redet ihr da. Natürlich hat er keinen Kopf mehr, denn wenn er noch einen hätte, wäre er ja nicht tot. Aber wenn ihr es genau wissen wollt, ich habe ihn getötet, weil er mich jahraus, jahrein jeden Morgen, noch mitten in der Nacht, gestört hat!« Da erhob sich ein großes Geschrei, und man fragte, was er mit dem Kopf gemacht habe. Dschuha antwortete: »Den Kopf habe ich in unseren Brunnen geworfen!« Man beschloß, da man sich nicht sicher war, ob es stimmte, was Dschuha sagte, diesen Vorfall zu untersuchen. Also begaben sich alle zu Dschuhas Haus, er wurde an einen Strick gebunden und in den Brunnen hinuntergelassen, wo er den Kopf wieder herausholen sollte. Dschuha tastete nun im Wasser umher und bekam den Hammelkopf mit den Hörnern zu fassen. Da rief er nach oben: »Ich habe hier den Kopf, aber sagt mir, hatte euer Muezzin Hörner auf dem Kopf oder nicht?« – »Natürlich nicht«, war die Antwort, und man fragte: »Sag mal, wann hast du ihn eigentlich getötet?« Dschuha rief: »Na, in der Nacht, in der der Wurstregen fiel!« Da lachten alle über ihn, zogen ihn heraus, ließen ihn laufen und sagten: »Ihm darf man nichts glauben, es ist doch bloß der verrückte Dschuha!«

Die Herde in der Höhle

Einst lebte Dschuha bei seinem Onkel, dem Bruder seines Vaters, und hütete dessen Schafe. Er hütete aber nicht nur die Schafe, sondern verliebte sich auch in die junge Frau seines Onkels, verstand es, sich bei ihr ins rechte Licht zu setzen, so daß sie seine Zuneigung erwiderte, und fortan hütete er auch sie. Eines Tages erwischte sein Onkel die beiden im Bett, tobte fürchterlich, verabreichte Dschuha eine tüchtige Tracht Prügel und verstieß seine Frau.

Bald darauf nahm er jedoch eine neue Frau und warnte sie, auf das Schicksal der ersten verweisend, vor Dschuha. Er sprach zu ihr: »Dschuha ist ein großer Taugenichts, hüte dich vor ihm. Wenn er sich dir mit unziemlichen Anträgen nähert, so denke daran, was aus dir wird, wenn du seinem Drängen nachgibst! Ihn kann ich leider nicht davonjagen, schließlich ist er der Sohn meines Bruders und gehört zu unserer Familie!« Doch Dschuha war zuerst sehr friedlich.

Er hütete sorgfältig die Schafe seines Onkels und war den ganzen Tag lang draußen mit den Tieren zusammen. Auch gefiel ihm die neue Frau nicht so gut wie die erste, dennoch versuchte er, mit ihr anzubändeln, wurde aber immer wieder hochmütig abgewiesen.

Als Dschuha eines Tages mit den Schafen ein wenig weiter weg zog, erkundete er die dortige Gegend genauer und fand eine große unterirdische Höhle. Da kam ihm ein guter Gedanke, wie er seinen Onkel täuschen und die hochmütige Frau eines Besseren belehren könne. Schnell trieb er die Schafherde in die Höhle und verrammelte den Eingang mit einem großen Stein. Dann begab er sich zu seinem Onkel und berichtete ihm, daß die ganze Schafherde davongelaufen sei. Der Onkel schrie Weh und Jammer, beschimpfte Dschuha als einen Nichtsnutz und ging nun, von seiner Frau und Dschuha begleitet, auf die Suche nach den Schafen. Als sich die Suchenden – Dschuha ließ seinen Onkel die Richtung ihres Suchens bestimmen – dennoch der Höhle näherten, fing Dschuha an, vor sich hin zu murmeln. Er redete und redete, bis der Onkel aufmerksam wurde und ihn fragte, was mit ihm los sei. Dschuha entgegnete: »Ach, die Vögel sprechen mit mir, und ich antworte ihnen!« Da forderte der Onkel Dschuha auf, die Vögel zu befragen, wo die Schafe seien, dann brauchten sie nicht so blind herumzusuchen, auch könnten die Vögel doch viel weiter sehen. Schnell antwortete Dschuha: »O nein, Onkel, die Worte, die die Vögel mir wegen der Schafe sagen, kann ich dir wirklich nicht sagen, ohne Gefahr zu laufen, furchtbare Prügel zu beziehen!« Der Onkel beruhigte ihn jedoch und bat und bettelte, bis Dschuha zu ihm sagte: »Die Vögel haben mir gesagt:

›Wenn du die Frau deines Onkels wirst küssen,
wirst die Schafe du finden müssen!‹«

Da rief sein Onkel, dem seine Schafe und sein Geld noch weit wichtiger als die Ehre seiner Frau waren: »Nun, wenn es so ist, dann bleibt nichts weiter übrig. Geh also mit ihr dort ins Gebüsch und vergnüge dich mit ihr, ich werde hier warten. Dann werden wir hoffentlich bald die Schafe gesund zurückerhalten!« Das ließ sich Dschuha nicht zweimal sagen, er nahm die Frau und begab sich mit ihr ins Gebüsch, und da ihr Mann ihr es befohlen hatte, wies sie Dschuha auch nicht weiter ab, sondern ließ ihn gewähren. Nachdem er sich genug verlustiert und satt geküßt hatte, kam er wieder hervor und begann sofort wieder mit seinen Selbstgesprächen. Unruhig erkundigte sich der Onkel, was die Vögel ihm nun wieder gesagt hätten. Dschuha erwiderte: »Die Vögel haben mir gesagt, wo sich die Schafherde befindet. Ganz in der Nähe wäre eine große unterirdische Höhle, da sind deine Schafe!« Der Onkel beschwor ihn, die Wahrheit zu sagen, und Dschuha beteuerte, daß sie gleich die Herde finden würden. So führte er den Onkel geschickt zur Höhle, wälzte den Stein zur Seite und ließ die Tiere wieder heraus. Dann sagte er: »Siehst du, Onkel, nun haben wir die Schafe dank deiner Einsicht und der Mithilfe der Vögel wiedergefunden!« Der Onkel sagte nichts, sie trieben erst einmal die Tiere nach Hause. Dort angekommen, sprach er zu seiner Frau: »Dieser Dschuha ist ein noch größerer Taugenichts, als ich dachte! Er verspottet uns, legt uns herein und macht sich über uns lustig!« Dann jagte er Dschuha mit dem Prügel in der Hand fort.

Der Kadi

Einst hatte Dschuha einen kleinen Esel. Einige jüngere Leute, die Dschuha einen Streich spielen wollten, stahlen diesen Esel und verkauften ihn. Dschuha vermißte seinen

Esel, suchte ihn und fragte alle Leute, ob sie ihn nicht gesehen hätten. Schließlich fragte er auch jene, die ihm den Esel gestohlen hatten. Sie antworteten: »Ja, weißt du es denn nicht, dein Esel, Dschuha, ist doch Kadi geworden!« Dschuha wollte es nicht glauben und beschimpfte sie, ihn so zu belügen und zu verspotten. Doch jene sprachen: »So glaube uns doch! Wir hatten ein Buch vor uns liegen und lasen, da hörte er uns zu!« Dschuha sprach: »Nun, das wird sich zeigen. Ich werde zum Kadi gehen und dies überprüfen!«

Zuerst aber ging er nach Hause und nahm einen Futtersack. Damit begab er sich zum Kadi. Der sprach gerade Recht, als ihm Dschuha mit einem Mal den Futtersack hinhielt und sagte: »Na komm, friß Gerste! Es ist gute Gerste! Friß schon, du bist doch ein Esel!« Erzürnt sprang der Kadi auf und rief: »Du willst mich wohl verspotten, du Taugenichts! Du machst mich zu einem Esel! Du Verfluchter! Diener, nehmt ihn fest und verabreicht ihm zweihundert Hiebe, damit er wieder zu Verstand kommt!« Die Diener griffen schnell zu, und schon prasselten die Hiebe auf Dschuha nieder. Der blickte auf den Kadi und schrie: »Au, das tut weh. Nun gut, ich werde dir keine Gerste und kein Stroh mehr geben! Wenn ich aber wieder frei bin, dann werde ich es dir schon zeigen!« Der Kadi hörte verwundert diese Worte, wies die Diener an, aufzuhören und sprach: »Der Mensch muß verrückt sein! Vielleicht sollten wir ihn nicht bestrafen, denn Verrückte wissen nicht, was sie reden und tun! Was hat denn dein Esel gekostet?« Dschuha antwortete: »Hundert Piaster!« Da gab ihm der Kadi hundert Piaster und befahl ihm, nach Hause zu gehen und die anderen Leute und ihn selbst nicht mehr zu belästigen. Doch nachdem Dschuha wieder frei war, die hundert Piaster erhalten hatte, wurde er wieder mutig und sagte: »Nun gut, hundert Piaster sind hundert Piaster!

Wenn du aber nicht mein Esel bist, wo ist dann mein Esel?« Nun reichte es dem Kadi, er wollte gerade wieder wütend werden, als er sich doch noch in Ruhe Dschuha zuwenden konnte: »Nun sag mir mal, was du eigentlich willst! Was ist denn mit deinem Esel los?« Da erzählte Dschuha ihm die ganze Geschichte, auch, daß ihm gesagt worden ist, sein Esel sei Kadi geworden. Dann sagte er: »Na ja, als ich das erfahren hatte, kam ich zu dir, und du hast mir im doppelten Sinn zu dem Nötigen verholfen! Daran sehe ich, daß du wirklich ein Kadi und kein Esel bist!« Nun ließ der Kadi jene Leute herbeischaffen, die diese Geschichte angestiftet hatten, und verurteilte einen jeden von ihnen zu zweihundert Hieben. Nachdem ihr Ach- und Wehgeschrei verklungen war, sagte der Kadi zum Abschluß zu ihnen: »Und jetzt seht schnell zu, daß ihr den Esel des Dschuha wiederbeschafft, denn sonst bekommt ihr nochmals zweihundert Hiebe!«

Der Goldesel

Einst nahm Dschuha seinen Esel, steckte ihm sechs oder sieben Goldstücke in den Hintern und begab sich mit ihm auf den Pferde- und Eselmarkt. Dort gesellte er sich zu den Verkäufern und rief seinen Esel zum Verkauf aus. Um ihn möglichst günstig zu verkaufen, stieg er auf den Esel und schlug ihn in den Nacken. Da erschrak der Esel, ließ seine Winde fahren, und die Goldstücke wurden aus dem Hintern des Esels geblasen. Nun fragten die Leute: »Sag uns, mistet dieser Esel immer Goldstücke?« Dschuha antwortete: »Natürlich! Dieser Esel bringt Goldstücke hervor!« Nun begann ein großes Feilschen um den Esel, und endlich kauften ihn drei Leute, die sich zusammengetan hatten und Teilhaber des Esels sein wollten, für zehntausend Piaster.

Zufrieden steckte Dschuha das viele Geld ein. Dann fragten ihn jene drei: »Was frißt denn dieser Esel?« Dschuha erwiderte: »Was soll er schon fressen? Kauft ihm grüne Gerste und stellt ihn nicht in den Stall, sondern in ein Zimmer. Den Boden bedeckt am besten mit Teppichen und legt die Gerste in eine Ecke. Laßt ihn aber unangebunden! Wenn ihr es so macht, dann hat er euch bis morgen sicher eine Metze voll Gold gemistet!« Schnell verabschiedeten sich die drei Käufer und zogen mit ihrem Goldesel davon. Damit nun der Esel nicht bei einem von ihnen stünde, mieteten sie ein Zimmer, legten es mit Teppichen aus, schafften grüne Gerste hinein und schlossen den Esel darin ein, ohne ihn anzubinden. Doch sie waren sehr mißtrauisch zueinander, und so gaben sie den einzigen Schlüssel zu diesem Zimmer einem Gewürzkrämer, der gegenüber seinen Laden hatte, und sagten zu ihm, daß er ihnen den Schlüssel nur aushändigen dürfe, wenn sie alle drei zu ihm kämen.

Am folgenden Morgen trafen sie sich und gingen zusammen zum Gewürzkrämer, holten den Schlüssel ab und eilten zu jenem Zimmer. Dann schlossen sie auf. Der Esel hatte aber die ganze Nacht über grüne Gerste gefressen und dementsprechend viel gemistet. Jener, der aufgeschlossen hatte, trat zuerst ein und prallte, von dem fürchterlichen Gestank getroffen, erschrocken zurück. Er ging schnell wieder hinaus und sagte zu den beiden anderen: »Oh, drinnen liegen Goldstücke in Massen umher!« Da trat der zweite ein und machte ebensoschnell wie der erste kehrt. Der dritte blieb draußen, sah nur durch die Tür und rief zornig, als er sah und roch, was in dem Zimmer los war: »Dschuha, dieser Taugenichts und Betrüger, hat uns angeführt!« So begaben sie sich zu dritt sofort zu Dschuha. Scheinbar freundlich traten sie an ihn heran, wünschten ihm einen herrlichen Morgen und begannen: »Sag, Dschuha, hast du uns nicht gesagt, dein Esel miste Goldstücke?«

Dschuha schaute sie der Reihe nach an, lachte lauthals und antwortete den verdrossenen Männern: »Was ihr nur alles glaubt? Euch fehlt jedes bißchen Verstand! Wo auf der Welt gibt es denn einen Esel, der Goldstücke mistet? Ihr riesigen Dummköpfe! Ich habe auf eure Frage geantwortet und gesagt: Der Esel bringt Goldstücke hervor! Na und, es stimmte doch auch; nur, die Goldstücke brachte er aus euren Taschen hervor, da ihr ihn für einen großartigen Preis gekauft habt!«

Der Einäugige

Einst kam Dschuha von einigen Erledigungen und Abenteuern nach Hause, um sich auszuruhen. In jener Gasse, in der Dschuha und seine Familie wohnten, wohnten auch sehr angesehene Leute der Stadt. So lebte in einem der Nachbarhäuser die schöne Frau eines angesehenen Handelsmannes, die einen Einäugigen zum Liebhaber hatte. Dschuha, der sich ausruhte und in den Tag hineinlebte, sah nun, wie jener Einäugige täglich das Haus seines Nachbarn betrat, wenn dieser nicht zu Hause war. Er beschloß, jener Frau einen Streich zu spielen, den sie nicht so schnell vergessen würde.

Dschuha kaufte sich eine ganz magere und billige Ziege, schlachtete sie und lockte mit dem Fleisch, das er auslegte, alle Hunde des Stadtviertels an. Eine Unmenge Hunde kamen herbei, drängten sich und nahmen an dem Freiessen teil. Endlich kam auch ein einäugiger Hund angelaufen. Den ließ Dschuha nicht ans Fleisch ran, jagte und prügelte ihn, bis er ins Haus jener schönen Nachbarin floh. Dort verkroch er sich im Hausflur und winselte leise. Dschuha trat nun vor das Haus seiner Nachbarin und begann, in den Hausflur hineinzurufen: »Kommst du wohl wieder heraus, du Einäugiger! Du frißt die Habe anderer Leute, fliehst und versteckst dich bei anderen Leuten im Hausflur!« Die Frau hörte diese Worte und kam aufgeregt und ängstlich zu Dschuha gelaufen und fragte ihn: »Was ist denn mit dem Einäugigen?« Dschuha erwiderte: »Was soll sein! Ich habe mit eigenen Augen gesehen, wie er hier hineinlief! Er ist ein Hund und Hundesohn!« Da bettelte und bat die Frau Dschuha, doch von dem Einäugigen abzulassen. Schließlich bot sie ihm einen Handel an und gab ihm hundert Piaster, wenn er friedlich nach Hause ginge. Dschuha nahm die hundert Piaster und feilschte weiter, bis er endlich fünfhundert bekam! Als er das Geld erhalten hatte, bat er die Frau, ihm jenen Hund, der in ihrem Hausflur Zuflucht gesucht hatte, herauszujagen! Jetzt erst schaute sich die Frau genauer um, sie war vorher viel zu aufgeregt und ängstlich besorgt um ihren Geliebten gewesen, erblickte den Hund und schimpfte und keifte: »Ach, du nichtsnutziger Dschuha! Du Taugenichts! Du hast mich betrogen und angeführt, du Nichtsnutz!« Dann jagte sie Dschuha und den einäugigen Hund aus ihrem Haus, und beide gingen – der eine erleichtert und der andere froh – ihrer Wege.

Der Schatz

Dschuha hatte die Aufgabe erhalten, die Kühe seiner Verwandten, und zwar der Verwandten seiner Frau, auf die Weide zu treiben. Er selbst besaß nur ein Kalb, das er immer mitnahm. Das Kalb war wohlgenährt und fett, während die Kühe aus irgendwelchen Gründen mager und klapprig waren. Die Verwandten waren natürlich neidisch auf sein Kalb. Eines Tages, Dschuha war gerade nicht da, griffen sie sich das Kalb, schlachteten es, brieten es auf offenem Feuer und bereiteten sich eine prächtige Mahlzeit.

Als Dschuha zurückkam, sah er gerade noch, wie das Kalb verspeist wurde. Zornig fragte er, was das zu bedeuten habe. Seine Verwandten entgegneten in aller Ruhe: »Was schon. Dein Kalb gefiel uns so sehr, daß wir es geschlachtet und aufgegessen haben. Sieh, alle sind satt geworden!« Dschuha ärgerte sich zwar sehr, ließ sich jedoch nichts weiter anmerken und bat nur, daß sie ihm das Fell des Kalbes gäben. Dies geschah, und er bekam auch noch ein Stück Fleisch zu essen. Danach begab man sich wieder in die Wohnungen. Dschuha aber nahm am nächsten Morgen das Fell und ging auf den Basar, um es zu verkaufen. Doch obwohl er das Kalbfell vom Morgen bis zum Abend anbot, wollte es niemand haben. Am Abend verschleuderte er es für einen Heller. Doch als er nach Hause ging, fragte er sich: »Was mache ich bloß mit einem Heller? Er ist doch kaum etwas wert!« Da fiel ihm ein, daß er ein Loch in den Heller bohren könne, einen roten Faden durchziehen und ihn auf diese Weise am Handgelenk als Schmuck tragen könne. Gesagt – getan.

Es wurde schon dunkel auf der Straße, als er plötzlich zwei Männer erblickte, die einen Kasten voller Goldstücke vor sich stehen hatten und das viele Gold mit einem Hohlmaß in zwei gleich große Haufen teilten. Er schlich sich unbemerkt heran und warf seinen Heller mit dem roten Faden in den Haufen. Dann herrschte er sie mit gewaltiger Stimme an: »Was macht ihr denn hier?« Die beiden schraken hoch, grüßten ihn freundlich und entgegneten: »Wir haben hier einen Schatz, den wir durch Zauberei gehoben haben, Allah hat ihn uns geschenkt, und wir wollen ihn gerecht teilen!« Dschuha sagte: »Einen Schatz fremder Leute, das sehe ich wohl, und ich weiß auch, wem er gehört, nämlich mir! Schaut nach, ihr werdet unter den vielen Goldstücken einen Heller mit einem Loch finden, durch das ein roter Faden geknotet ist! Ich spreche die

Wahrheit!« Da suchten jene und fanden auch bald den Heller. Dschuha aber gab sich sehr verständig und gütig: »Nun, da ihr den Schatz mit Allahs Hilfe gefunden habt, sollt ihr euch euren Teil davon behalten dürfen!« Die beiden Männer wollten nun den Schatz in drei Teile teilen, doch Dschuha sagte: »Nein. Es ist ja eigentlich mein Schatz, aber ich gebe euch die Hälfte ab!« Nun, damit waren die beiden Männer auch zufrieden, sie gaben Dschuha die Hälfte des Goldes und teilten die andere unter sich auf. Dschuha nahm die Goldstücke, steckte sie in eine Falte seines Burnus' und ging frohgemut nach Hause.

Die Häute

Nachdem Dschuha durch jene List doch noch so viel Geld für sein Kalbfell erhalten hatte, ging er zuerst in die Wohnung seiner Verwandten mütterlicherseits und schlug die Falte seines Burnus' auseinander. Da staunten jene nicht schlecht, als sie das viele Gold sahen, und wollten wissen, woher er es habe. Dschuha erwiderte: »Wißt ihr das denn nicht? Das ist doch das Geld für das Kalbfell!«

Sofort beschlossen die Verwandten, alle ihre Kühe zu schlachten und die Häute zu verkaufen. Dschuha gab ihnen noch den Rat: »Wenn ihr eure Kühe schlachten wollt, nur zu! Ihr werdet dann reich werden! Aber laßt die Häute stinkend werden, salzt sie nicht ein, denn ich habe mein Kalbfell auch nicht gesalzen und einen guten Preis erzielt!«

Die Verwandten hatten also alle Kühe geschlachtet, das Fleisch aufgegessen und sogar den Hunden davon gegeben, weil sie so viel Fleisch auf einmal gar nicht essen konnten, und die Häute liegengelassen. Nach drei, vier Tagen schaute sich Dschuha die Häute an und sah, daß Würmer aus den stinkenden Häuten krochen. Da ging er zu ihnen und sagte: »Nun ist es gut, jetzt könnt ihr sie verkaufen!« Die Verwandten zogen am kommenden Tag auf den Basar und boten die Häute zum Verkauf an. Als die Schuh- und Stiefelmacher kamen, die verdorbenen Häute sahen, aus denen bereits Würmer krochen, schalten sie die Verwandten Esel und Dummköpfe, die sie, die Handwerker, zum Narren halten wollten. Schließlich wurden die Verwandten sogar verprügelt und kamen zornerfüllt mit dem festen Vorsatz nach Hause, Dschuha zu töten, waren sie doch ausgelacht, verspottet und verprügelt worden, weil sie auf Dschuha gehört und Aas zum Verkauf angeboten hatten.

Das Schicksalsbuch

Kaum waren die zornigen Verwandten zurück, da ergriffen sie Dschuha und fesselten ihn. Sie sagten: »Du hast uns zum Narren gehalten und arm gemacht, du hast unsere Kinder ins Unglück gebracht!« Dschuha blickte sie spöttisch an und sagte: »Seid ihr denn wirklich so dumm, daß ihr glauben konntet, stinkende Kuhhäute könne man verkaufen? Natürlich habe ich euch verspottet und zum Narren gehalten!«

Da steckten sie Dschuha in einen Eselssack, banden diesen zu und luden ihn auf ihre Schultern. Sie wollten ihn ins Meer werfen, damit er ertränke. Kurz vor der Küste, nach einem anstrengenden Marsch, sahen die Männer einen Hirten mit seiner Schafherde. Sie legten den Sack zu Boden und gingen zu diesem Hirten, um sich etwas Milch zu erbitten, da sie sehr durstig waren. Der Hirte gab ihnen gern etwas zu trinken, sie setzten sich ins Gras, um sich ein wenig auszuruhen, und schliefen, von der Anstrengung erschöpft, ein. Der Hirte ließ sie ruhig schlafen und zog mit seinen Schafen etwas weiter, damit diese genug Gras

zu fressen hatten. Da sah er mit einem Mal den fest zu-
gebundenen Sack vor sich liegen. Mißtrauisch stieß er ihn
mit seinem Hirtenstab an. Da ertönte aus dem Sack die
ärgerliche Stimme Dschuhas: »Laß mich in Ruhe!« Der
Hirte erschrak, entschuldigte sich und fragte: »Ist ein
Mensch oder ein Geist in dem Sack?«

Schnell sagte Dschuha: »Man will mich zu meinem
Meister bringen. Wer bei meinem Meister unterrichtet
wird, der erblickt das große Schicksalsbuch, das Allah
verwahrt, und kann darin lesen!« Da sprach der einfältige
Hirte: »Ach, wäre es mir doch möglich, an deiner Stelle in
diesem Sack zu sein. Willst du mich nicht in den Sack
hineinlassen? Du kannst dich doch auch noch ein andermal
hinbringen lassen!«

Nur scheinbar lehnte Dschuha dies erst einmal ab,
schließlich, nach langem Zögern und Verhandeln, erklärte
er sich bereit, mit dem Hirten zu tauschen. Der Hirte band
den Sack auf und ließ Dschuha heraus. Der sprach: »Du
mußt aber deine Kleider ausziehen, denn du siehst, ich
habe auch nichts an!« Der Hirte zog seine Kleider aus,
Dschuha zog diese sofort an, steckte dann jenen in den
Sack, den er fest zuband. Zum Schluß sagte Dschuha noch:
»Wenn man dich aufhebt, dann schweige, denn wenn du
sprichst, so wird man dich in die Tiefe des Meeres werfen!«
Sprach's und zog mit der Schafherde schnell von dannen.
Endlich erwachten die Schläfer, sahen den Sack ordnungsgemäß daliegen, luden ihn sich wieder auf, schleppten ihn
zum Meer und warfen ihn hinein. Schnell kehrten sie nach
Hause zurück und sprachen: »Endlich sind wir diesen
Dschuha los!« Alle freuten sich, die Frauen lachten und
riefen: »Dschuha ist tot! Dschuha ist tot!« Und sie feierten
ein wenig ihren Sieg.

Wie groß war aber ihr Erstaunen und Erschrecken, als
nach Sonnenuntergang Dschuha mit einer Schafherde

zurückkam. Die Frauen schrien ihre Männer an: »Aber ihr habt uns doch gesagt, daß ihr ihn ins Meer geworfen habt und er tot ist? Wie kommt er dann wieder hierher?« Auch die Männer konnten sich dies Wunder nicht erklären und sagten nur immer wieder: »Wir haben Dschuha, wie wir es beschlossen hatten, ins Meer geworfen, er muß tot sein!«

Das Meeresvieh

Nachdem Dschuha zurückgekehrt war und bei seinen Verwandten soviel Schrecken und Verwirrung ausgelöst hatte, nahm er seelenruhig in ihrer Mitte Platz und schaute sie der Reihe nach an. Schließlich faßten einige Mut und fragten: »Sag, Dschuha, wenn du schon wieder hier bist, woher hast du die Herde?« Dschuha grinste und antwortete: »Die habe ich aus dem Meer heraufgeholt. Das Meer hängt am Himmel, und die Schafe weiden unter dem Meer!« Nun begann ein großes Beratschlagen und Überlegen, wie auch die anderen solch Meeresvieh erhalten könnten. Schließlich fragte man Dschuha um Rat. Der sprach: »Am besten wird es sein, wenn ihr eure Kinder nehmt, sie fesselt, in Säcke steckt und diese fest zubindet. Dann werft ihr sie, wie ihr es mit mir getan habt, ins Meer. Vermutlich an derselben Stelle! Wie ich die Sache sehe, werden sie nach Sonnenuntergang wieder zu euch zurückkehren und wie ich Schafe oder anderes Vieh vom Grund des Meeres mitbringen!«

So geschah es denn auch. Man steckte die Kinder in Säcke, brachte diese zum Meer und warf sie hinein. Es gab aber auch eine Witwe, die keine Kinder hatte und nun Dschuha angstvoll fragte, wie sie es denn anstellen könne, daß auch sie Meeresvieh erhielte. Dschuha sagte: »Nimm doch deinen Lieblingshund und wirf ihn ins Meer, er wird mit den Kindern zurückkehren und dir sicher auch Schafe mitbringen!« Das tat die Witwe auch, doch der Hund, kaum im Wasser angekommen, schwamm sofort wieder zurück ans Ufer. Da klagte sie Dschuha erneut ihr Leid und bat um seinen Rat. Dschuha sagte zu ihr: »Am besten wird es sein, wenn du ihm einen großen Stein um den Hals bindest, damit er besser auf den Grund gelangt!« Die dumme Witwe tat auch dies, und nun blieb der Hund unter der Wasseroberfläche wie die Kinder.

Alle gingen nach Hause und blickten erwartungsvoll dem Abend entgegen. Gegen Sonnenuntergang sahen sich die Leute an und begannen, sich Sorgen zu machen, da ihre Kinder noch nicht kamen. Doch Dschuha beruhigte sie: »Sobald die Dunkelheit da ist, werden sie schon kommen! Also wartet nur weiter.« Bald war es stockfinster, doch die Kinder kamen noch immer nicht. Die Leute wurden nun sehr unruhig und sagten zu Dschuha: »Höre, Dschuha, was ist los, die Kinder sind noch immer nicht zurückgekehrt!« Da rief Dschuha: »O ihr großen, großen Dummköpfe! Glaubtet ihr wirklich, daß es Schafe im Meer gäbe? Und daß ich diese Schafe von dort mitgebracht habe? An euren Kindern haben sich heute abend die Fische gütlich getan!« Da begannen die Frauen zu weinen und zu wehklagen, die Männer aber ergriffen Dschuha, fesselten ihn und sagten: »Wir bringen ihn in die gefährliche Einöde und binden ihn an einen Olivenbaum, damit recht bald ein Löwe kommt und ihn vertilgt!« Und so geschah es.

Der Baum des Sidi Abd Elkader

Am nächsten Morgen nahm man Dschuha und brachte ihn in jene Einöde, wo man ihn sehr fest an einen Olivenbaum band. So ging der halbe Tag vorüber, und Dschuha stand allein und gefesselt in der Einöde. Plötzlich sah er einen vornehmen Reiter herankommen, der früher Kadi beim Bey von Tunis gewesen war. Dieser Mann kam näher, erblickte Dschuha und sprach: »Friede sei über dir!« Einsilbig und sichtlich verärgert über diese Störung erwiderte Dschuha: »Friede sei über Euch!« Der Reiter fragte nun: »Was ist mit dir? Warum bist du an diesen Olivenbaum gefesselt? Bist du überfallen und ausgeraubt worden?« – »Geh, laß mich in Ruhe! Was fragst du soviel!« entgegnete ihm Dschuha. Doch der Greis sprach: »Ist Fragen denn ein Verbrechen oder etwas so Außergewöhnliches oder etwas Unrechtes? Schließlich frage ich um deinetwillen!« Dschuha erwiderte mürrisch: »Wenn du noch lange hier bist, wirst du mich wohl wieder zu dem machen, der ich früher war!« Erstaunt und neugierig wurde Dschuha gefragt: »Ja, was warst du denn früher, wenn du jetzt etwas anderes bist, und wie ist denn das gekommen?« Nun erst wurde Dschuha gesprächig und erzählte dem Reiter: »Ich war früher hundert Jahre alt, nun hat man mich aber an den Baum des Sidi Abd Elkader gebunden, und wie du siehst, bin ich zu einem Dreißigjährigen geworden! Denn jeder bejahrte Mann, den man an diesen Baum fesselt und der sich still und ruhig verhält, wird wieder jung!« Da rief der Reiter, der selbst schon ein Greis war: »Mein Freund, bei Allah, laß uns die Plätze tauschen. Laß auch mich wieder jung werden, wie du es geworden bist!« Nach scheinbarem Zögern willigte Dschuha ein, und der fremde Greis band ihn los. Dschuha dehnte und reckte sich, dann sprach er zu dem Reiter: »Leg deine Kleider ab, denn wie du siehst, darf man nur ein Hemd auf dem Leib haben, sonst wird man nicht wieder jung!« Der Mann war sofort einverstanden, zog seine feinen Kleider aus, legte den Burnus ab, die Seidenschals und das Turbantuch, und Dschuha nahm ihn, fesselte ihn und band ihn dann statt seiner an den Olivenbaum. Er ermahnte den Fremden, sich ja ruhig zu verhalten und Geduld zu haben, zog schließlich dessen Kleider an, bestieg das Pferd und ritt davon.

Seine Verwandten saßen nichtsahnend da und dachten an nichts Böses, als mit einem Mal Dschuha als vornehmer Reiter, auf einer vortrefflichen Stute und mit kostbaren Kleidern angetan, heransprengte. Nachdem sie sich von dieser Überraschung erholt hatten, fragten sie Dschuha, woher er denn dieses herrliche Pferd habe. Dschuha entgegnete: »Habt ihr denn nichts bemerkt? Es laufen doch überall in jener Einöde diese Pferde herum!« Da sagten die Leute und rauften sich die Haare dabei: »Warum lügst du bloß schon wieder, du Taugenichts! Bei Allah, wen hast du schon wieder zum besten gehabt?«

Märchen aller Länder im Unionsverlag

Zauberfrauen

Hexen, Nixen, Feen und wundertätige Frauen finden in dieser Märchensammlung zusammen. Sie stammen aus allen Zeiten und aus den unterschiedlichsten Kulturen. Sie lieben, hassen, segnen und verfluchen, bringen Rettung, Untergang, Reichtum, Not oder Glück. Nur eines ist ihnen gemeinsam: Niemand, erst recht kein Mann, kann sich ihrem Zauber entziehen. 304 Seiten, UT 64

Die Liebe der Füchsin

Die hier versammelten chinesischen Geistergeschichten entführen in eine Welt, in der die Grenzen zwischen Geist und Materie, Körper und Seele verwischen. 160 Seiten, UT 55

Die Braut im Brunnen

Wundersame Kriminalgeschichten, in denen es von Spitzbuben, Verführern und Scharlatanen wimmelt, wurden schon im alten China erzählt. 160 Seiten, UT 48

Eine von tausend Nächten

Was Raffinesse und Erfindungsreichtum betrifft, hätte Scheherazade in einer ihrer tausend Nächte auch jene Geschichten erzählen können, die in diesem Band versammelt sind. 144 Seiten, UT 44

Das Mädchen als König

Märchenhafte Frauen: sie riskieren alles, sind mutig, raffiniert und erfinderisch ... 144 Seiten, UT 40

Löwengleich und Mondenschön

In diesen orientalischen Frauenmärchen gibt es wahre weibliche Helden. Kühn und klug behaupten sie sich in der Männerwelt, suchen sich listig den Märchenprinzen selbst. 144 Seiten, UT 37

Bestellen Sie unseren kostenlosen Verlagsprospekt:
Unionsverlag, Rieterstrasse 18, CH-8059 Zürich

Im Verlag Gustav Kiepenheuer ist erschienen

François Weyergans
Der Boxerwahnsinn
Roman
Aus dem Französischen von Ulrich Kunzmann
172 Seiten, gebunden
sFr. 31.–/DM 29,80/öS 233.–
ISBN 3-378-00552-1

»Heitere, intelligente Unterhaltungsliteratur.« Marcel Reich-Ranicki
im ›Literarischen Quartett‹

Der Regisseur und Filmverleiher Melchior Marmont hat nach vielen
vergeblichen Versuchen das Haus seiner Kindheit zurückerworben.
Der Zweiundachtzigjährige betritt das ersehnte Haus und erzählt in
den letzten sechs Stunden bis zu seinem Tod die Geschichte seines
Lebens für den Film. Während dieser Stunden der Erinnerung an
Träume und Enttäuschungen zeichnet er zugleich eine Epoche klassi-
scher Filmgeschichte mit berühmten Akteuren nach. Der Abschied
des Helden aus seiner Zeit geht einher mit dem Untergang einer
großen Filmwelt.

François Weyergans erhielt für »Der Boxerwahnsinn« den
Prix Renaudot 1992.